DIARIO
DE UNA
MADRE

ADOLESCENTE

ANAIS MOSQUEDA

SÉLECTOR
JUVENIL

Diario de una madre adolescente
© Anais Mosqueda

© Genoveva Saavedra/acidita, diseño de portada
© Imágenes de portada: iStockphoto/Prostock-Studio y nadia_bormotova
Tipografía de portada: Yarin de Mario Pandeliev/Fontfabric

D.R. © Selector S.A. de C.V. 2021
Doctor Erazo 120, Col. Doctores,
C.P. 06720, México D.F.

ISBN: 978-607-453-753-6

Primera edición: agosto de 2021

Impreso en México
Printed in Mexico

Índice

Capítulo

Agradecimientos

Quisiera dedicar principalmente este libro a todos mis familiares, quienes me han apoyado en este proceso; también a Dios, que me ha guiado, creo que soy una de sus hijas más tercas, y siempre al final del día me ha ayudado.

A mi abuela y a mi madre, quienes desde pequeña me han inculcado hermosos valores junto con todo el amor del mundo, son mis ángeles en la Tierra y, hablando de ello, también quisiera dedicar este libro a mis dos ángeles en el cielo: M. y A., quienes no pudieron estar para ver esta publicación, pero sé que desde allí arriba me están apoyando.

A todas las madres jóvenes que me inspiraron a realizar esta novela; pensando en ellas todos los días y escuchando sus historias fue que, sin ser madre, me decidí a escribir esta novela, para que no se sintieran solas y les ayudara a salir adelante en aquellos momentos tan difíciles.

Mi personaje Anna es fuerte en todos los sentidos, desde que supo de la llegada de su hijo, y a pesar de que al principio sintió miedo, logró salir adelante, guiada por el amor eterno que estaba creciendo en su vientre.

A/A, gracias por ser mi fuerza cuando más lo necesito. Me inspiraste a seguir escribiendo.

Todo comenzó precisamente en aquel momento.

—¿Escuchas sus latidos?, tiene exactamente cinco semanas.

Yo escuchaba la voz del doctor mientras miraba hacia el techo con ganas de llorar pensando en qué iba a hacer, ¿cómo se lo diría a mis padres?, ¿o a toda mi familia?, ¿cómo se lo diría a él?

Nick y yo nos conocimos en un centro comercial y, cuando sucedió, no nos dimos tiempo para amistad, sólo fue amor a primera vista y así nos quedamos.

Se puede decir que nuestras familias no se llevan muy bien, pues desde que comenzó nuestra relación se han reunido muy poco, la verdad (otra razón más por la cual preocuparme).

No teníamos planeado un bebé y mucho menos a esta edad, pues sólo tengo diecisiete años; Nick, diecinueve (la única frase que ha pasado por mi cabeza desde el día en que noté un retraso en mi periodo).

Salí del doctor como llegué: totalmente sola; él me dio unas pequeñas recomendaciones y unas medicinas, las cuales debo esconder mientras averiguo cómo informar lo de mi embarazo. Me puse mi chaqueta (nada especial, sólo una simple chaqueta blanca de adolescente preocupada por su embarazo repentino y precoz), salí por la puerta del hospital y allí se encontraba el auto de Nick. Miré un poco sorprendida, pues no creí que vendría, luego caminé rápido hasta el coche.

—¿Qué haces aquí? —dije mientras me quitaba la chaqueta.

—Pues me dijiste que estarías aquí y quise venir a verte, ¿qué tal fue todo?, te lo pregunto porque te la has pasado vomitando y mareada.

—Pues sí, me han revisado y han descubierto algo muy interesante dentro de mí...

—Y qué... ¿estás bien?

—¡Oh, sí...!, es sólo... un... un parásito...

Dios, casi confieso todo, pensé.

—Jajaja, ¿un parásito? Eso se te ha de quitar con más comida chatarra, cariño —dijo con una gran sonrisa mientras me observaba.

Lo noté... noté su alivio cuando dije la palabra *parásito*; noté el cambio de su expresión y la verdad sólo quería salir de esto porque no deseaba dañar mi vida, mi adolescencia, ni mi hermosa relación con Nick. Así que no diría nada, sólo llegaría a casa como siempre, me iría a dormir y al otro día buscaría en internet a dónde ir para apartar a esta... cosa que quería dañar mi vida.

Nick me dejó en casa como siempre, bajé del auto y antes de doblar la manilla de la puerta, respiré profundo y pensé: *Que no se me salga nada de la boca*. Cuando entré, mi madre estaba cocinando, mientras mi padre, como siempre, no se encontraba en casa (ha de estar "trabajando hasta tarde de nuevo"). Sonreí un poco mientras pretendía subir las escaleras en silencio (pues sabía perfectamente que él no trabajaba hasta tarde y también sabía con quién estaba y dónde se encontraban, pero en fin, los problemas del matrimonio de mis padres ya son cosa aparte).

Subí las escaleras muy rápido y no silenciosamente como lo pretendía, y antes de poder abrir la puerta de mi habitación, escuché el gran grito de mi madre:

—¡ANNA!

Miré al suelo como si ella se encontrara allí y grité al igual que ella:

—¿Qué sucede?, ¡ya llegué!

—¡Lo he notado, hija! —escuché su grito de nuevo—. ¿Quieres comer algo, nena?

—¡No, madre, estoy bien, comí en la calle, ahora mismo me voy a dormir, adiós!

Entré a mi habitación y rápidamente cerré la puerta. Se podía decir que antes de enterarme de que mi padre engañaba a mi madre, nuestra relación como familia era mucho mejor. Pero luego de eso me sentí completamente sola; sólo tengo a Nick, quien ha sido mi único apoyo en todo este tiempo (tampoco crean que Nick y yo sólo teníamos una semana cuando tuvimos sexo; teníamos dos años de relación, y pues esa vez fue sólo un accidente que nos olvidáramos del dichoso condón).

Me recosté en mi cama pensando en qué podía hacer para *perder al individuo* de cinco semanas sin necesidad de ir al médico, porque sabía perfectamente que me obligarían a llevar a mis padres, por mi edad. Pensé seriamente en lanzarme a la carretera o tirarme por un puente, pero eso también me mataría a mí, así que no era muy buena idea. Definitivamente para esas cosas no tenía ideas, así que necesitaba ayuda urgente, por lo que tomé mi teléfono y llamé a la única persona que sabía de mi pequeño accidente de embarazo y hasta antes de ir al médico me aseguró que me encontraba en estado.

—¡Hey!, soy yo —dije mientras suspiraba—, tenías razón, tengo cinco semanas...

—¿Cinco semanas?, vaya sorpresa —dijo entre risas.

—No estoy para risas, Andrea, no sé qué hacer con esto... ¿alguna idea?

—¿Has pensado en abor...?

La interrumpí justo antes de que terminara la frase.

—Sí, sí lo he pensado, pero dame otra idea.

—Bueno, déjame pensar —se quedó en silencio unos segundos—. ¡Ya sé!, tengo una idea perfecta: he visto en algunas telenovelas, de esas que ve mi madre, ya sabes, que las chicas se tiran por las escaleras para perder a sus bebés, algunas veces quedan paralíticas, pero qué importa...

—Perder al nene o quedar paralítica —guardé silencio un segundo—; bueno, pues arriesgaré.

Esperé toda la noche a que mamá se durmiera, cuando eso sucedió como a las dos de la mañana, decidí ponerme en marcha. Miré las escaleras, me senté en ellas e intenté dejarme ir muchas veces... demasiadas veces, todas fallidas y más desesperantes... (DEMONIOS, SOY UNA MIEDOSA, ¡ni para perder un niño sirvo!).

Me desesperé y decidí irme a mi habitación. Cuando iba subiendo las escaleras, miré las luces del auto de mi padre (no me sentaré a esperar para saludarlo, no se lo merece).

Cerré la puerta de mi habitación con toda la rabia del universo en mí y comencé a llorar.

—Debo hacerlo... —dije mientras tomaba mi teléfono y escribía un mensaje.

To: Nick
Estoy embarazada...

E speré... vaya que esperé toda la madrugada a que Nick me respondiera, pero no sucedió. Lo tomé como que prefirió huir antes de responderme, cuando...

Nick: ¿Me estás jodiendo?
Anna: ¡No!, ¡no estoy jugando, es en serio!
Nick: ¿Qué diablos haremos ahora? ¡Dímelo!
Anna: No lo sé. Primero debemos hablar en persona, ¿no?, porque esto del teléfono no sirve.
Nick: Nos vemos en diez minutos en la cafetería El Valle.
Anna: Nick, son las tres de la mañana, no creo que esté abierto.
Nick: OK, entonces no nos queda más que dormir, mañana nos vemos, ¿vale?
Anna: Vale.

A la mañana siguiente, me levanté de la cama, me bañé, me vestí y me fui a la calle sin siquiera desayunar. Cuando iba caminando por la calle, se me vino a la mente: *Las mujeres embaraza-*

das no pueden pasar hambre... qué demonios... ¡¡NO PIENSES ESAS COSAS, NO ERES UNA MUJER EMBARAZADA!! Bueno... sí, pero...
Estaba en mis pensamientos cuando escuché una bocina. Era como si Nick me hubiera vigilado los pasos.

—¡Hey!, ¿qué haces aquí? —cuestioné mientras seguía caminando.

—Soy tu novio, lo sé todo —dijo con una gran sonrisa.

Me subí al auto y lo miré.

—Bueno, no fue sólo casualidad... iba a buscarte y aquí estás.

Fueron sus últimas palabras en todo el camino. Cuando llegamos a la cafetería, sólo nos sentamos y nos miramos las caras.

—Y... ¿cuánto tiempo?

—Cinco semanas —respondí mirándolo fijamente.

—Ok... —dejó de mirarme y se levantó.

—Te irás, ¿verdad? —dije intentado sonar seria, aunque me estaba derrumbando por dentro.

—No, no me iré, sólo estoy intentado calmarme —dijo mientras me miraba allí parado—. No tengo trabajo. ¿Cómo se lo diré a mi familia, Anna?

—¿Cómo se lo diré yo a la mía, Nick? ¡Ni siquiera tengo una buena relación con mis padres!

—No sé qué hacer, ¡te juro que no sé qué hacer!

—Yo sí. Sólo debes ayudarme.

—¿Ayudarte? ¿Pero ayudarte a qué?

—A pagar un aborto, he visto unas buenas clínicas y...

—Espera... espera, ¿dijiste "un aborto"?

—Sí, Nick. He leído y hay muchas clínicas a las que podemos ir, sólo necesitamos dinero.

—Muy bien, entonces mañana mismo vamos.

—¿Cómo?, ¿mañana?, ¿cómo conseguirás el dinero?

—Tenía ahorrado para pintar el auto, estoy seguro de que con eso alcanzará.

—Este... bien —dije mientras miraba al piso.

—Vamos —me ayudó a levantarme—, te llevaré a casa, tienes que descansar porque mañana será un día largo.

Nick me dejó en casa. Y al llegar, mamá no estaba, y mi padre... bueno, él nunca estaba, así que subí a mi cuarto y me acosté. No sé qué sentía, estaba muy nerviosa por el día siguiente, pues sé que hay chicas que mueren en esos abortos y no quería morir. Tomé el teléfono y llamé a mi único apoyo en esos momentos.

—Nick, estoy muy asustada —dije mientras las lágrimas caían de mis ojos.

—Yo también lo estoy, pero todo estará bien, lo prometo. No te dejaré sola, sólo intentemos descansar. Mañana iremos y los doctores harán lo que deban hacer y volveremos a nuestras vidas, lo prometo.

—Está bien, Nick... adiós...

—Adiós, baby.

A la mañana siguiente, salí de mi casa y allí estaba Nick esperándome. Me subí a su auto y ni siquiera lo miré. La verdad, estaba muy nerviosa y muy irritada.

—¿Dormiste algo? —dijo mientras me miraba.

—No —dije sin devolverle la mirada.

—Qué bien, porque yo tampoco —dijo mientras comenzaba a conducir.

Estuvimos en total silencio durante casi una hora. La clínica donde hacían esas cosas no quedaba muy cerca, ni tampoco era muy bonita.

—¿Aquí es, baby? —dijo Nick mientras abría la puerta para salir.

—Sí, no es muy lindo, pero bueno... vamos —dije mientras caminaba rápido.

—Hey, espera —apretó mi mano—, todo saldrá bien, amor, lo prometo.

—Estoy bien, Nick —miré al suelo—; estaremos bien, todo volverá a ser como antes —sonreí.

—Vamos —dijo mientras me tomaba de la mano.

Entramos al lugar y la verdad era espantoso, estaba descuidado y oscuro. Me senté a un lado y observé a unas cuatro chicas más esperando para entrar.

—Nena, la mujer dijo que esperáramos nuestro turno.

Nick se sentó a mi lado. En la larga espera leímos revistas, logramos jugar un poco y hasta dormimos, estábamos tan cansados, o bueno... la verdad sólo él durmió porque yo no pude. Siendo sincera, ya no estaba tan segura de qué era lo que quería. Mientras estaba recostada en el hombro de Nick pensando, vi cómo una chica se acercaba a mí.

—Es tu turno —dijo con una leve sonrisa—, sígueme.

Nick se levantó y me tomó un poco las manos.

—Todo saldrá bien, baby.

Lo miré mientras me dirigía al consultorio. Luego de que la enfermera cerrara la puerta, me encontraba sola con el doctor.

—¿Así que cuánto tienes, Anna? —dijo mientras me miraba con una sonrisa como si nada sucediera.

—Cinco semanas —dije mientras lo veía asustada.

—Perfecto, estás a tiempo —tomó mis manos—, te aseguro que será mucho más fácil extraer a tu pequeño problema...

—Mi pequeño problema... —dije en voz baja.

—Ahora sólo necesito que entres al baño, te quites todo y sólo te pongas esta bata.

—Ok.

Tomé la bata y me dirigí al baño. Mientras me cambiaba escuchaba cómo el doctor arreglaba todo lo que iba a utilizar conmigo. Sentía que ni siquiera parpadeaba, estaba como en un *shock* de nervios. Salí del baño y me dirigí adonde estaba el médico.

—Bueno, Anna, ahora sólo debes acostarte aquí y esperar mientras trabajo contigo.

—Está bien —dije mientras caminaba a la cama y me acostaba, para luego mirar cómo él se dirigía a mi parte íntima.

Mientras el doctor me auscultaba y encendía un aparato muy parecido a una aspiradora, cerré los ojos e intenté dormirme, pero sólo pensaba: *No lo hagas. Qué culpa tiene él o ella. ¿Acaso has pensado en los momentos hermosos que podría traerte él o ella? No será fácil, sólo tienes diecisiete... pero cuando lo tengas en tus brazos, sabrás que todo valió la pena. Dale la oportunidad de vivir.*

—¡No! —dije mientras cerraba las piernas y me sentaba en la camilla.

—Pero ¡qué ocurre! —dijo el doctor alterado—. Cálmate, Anna, todo está bien, no te sucederá nada.

—NO. LO SIENTO, NO PUEDO —dije mientras me levantaba y tomaba mi ropa rápido. Salí de la habitación y corrí al pasillo sólo con la bata y mis cosas en la mano. Allí estaba Nick sentado, esperándome.

— ¡¡A dónde vas!! —dijo mientras iba tras de mí.

Caminé hasta salir de aquel lugar y, cuando estaba casi llegando al auto, me volteé y lo miré.

—¡¡NO PUDE!! ¿OK?

—Pero cómo que no pudis...

—No, Nick, no puedo... no puedo hacerlo —dije llorando.

—Dime qué haremos ahora —me abrazó.

—No lo sé, pero no pude negarle la vida. Sé que no me lo perdonaría nunca.

Nick sólo se quedó en silencio unos segundos mientras me abrazaba.

—Todo saldrá bien, amor, saldremos de esto.

Estuvimos en el auto por dos horas sin decir una palabra.

—Nick, no quiero ir a casa. Podemos... no lo sé, sólo llévame lejos.

—Tampoco quiero volver a casa.

Durante toda la noche estuvimos dando vueltas en el coche por la autopista. Paramos varias veces para poner gasolina, y bueno, también porque me sentía mareada. En cierta parte me sentía muy mal con Nick porque sabía que estaba enojado conmigo, pero por otra me sentía mejor de no haber matado a mi hijo... o a mi hija.

Muchas veces mi teléfono sonó. Eran llamadas perdidas de mi madre o de mi padre, pero la verdad no quería hablar con ninguno, no tenía ánimos. Lo único que podía pensar era: *¿Y ahora qué...? El nene estará bien los próximos meses dentro de mí, pero cuando salga, ¿cómo lo mantendré?, ¿cómo vivirá?, ¿qué haré con él?*

Este no era un cuento de hadas donde mi novio era un multimillonario y nos casábamos para vivir en una mansión con nuestro bebé o para irnos a otro país; no era nada de eso. Nosotros éramos dos adolescentes normales que no tenían nada, sólo su juventud, un auto y su relación.

4

A la mañana siguiente desperté en los brazos de Nick, no sé ni cómo logré dormir de tanto que pensé en lo que se suponía que íbamos a hacer. Estaba consumida en mis pensamientos cuando escuché su voz.

—Nos iremos en la madrugada.

—¿A dónde, Nick, de qué hablas?

—Vámonos de la cuidad, no creo que tu familia acepte. Ya sabes...

—Nick, por favor, no quiero alejarme de mi familia, aunque tengamos muchos problemas. Ahora mismo los necesito tanto... necesito a mi madre como no tienes idea.

—¿Tu madre? ¡Ella no nos dará un hogar donde estar!

—Tal vez si hablo con ella...

—Tu madre no me aceptará. ¡Anna, por Dios!

— Sólo... llévame a casa, Nickolas, por favor.

Allí terminó nuestra pequeña discusión. No hablamos de nuevo hasta que llegué a casa. No sé por qué diablos pensé que mis padres lo entenderían.

—¿EMBARAZADA?... ¿ESTÁS EMBARAZADA? —gritaba mi padre, quien casualmente había llegado temprano a casa por primera vez en cinco años.

—Sí... —dije viéndolo con un poco de miedo.

Mi padre me miraba. Sus ojos estaban tan abiertos que pensé que se le saldría uno. Mi madre estaba desconsolada, casi acostada en el sofá llorando como un bebé y diciendo: "¿Que hice mal, Dios mío...? Dime qué he hecho mal con ella".

—¡Es de ese vago! Te lo dije, Mariela, que la alejaras de ese... ¡ese desgraciado!

—Papá, Nick no es ningún desgraciado... fue un accidente... ¡por favor, escúchame!

—¿QUÉ VOY A ESCUCHAR?, ¿QUE TÚ, MI HIJA... ERES UNA... UNA ZORRA?

—Papá, por favor...

—Por favor, nada. No quiero volver a verte en mi vida. ESTÁS MUERTA PARA MÍ.

—¡Carlos, por favor! —gritaba mi madre desde el sofá.

—¡Silencio, mujer! —le levantó la mano mientras la observaba enojado—. ¡TODO ESTO ES TU CULPA, NO SUPISTE CRIARLA!

—¿No supo criarme? Ella ha estado siempre conmigo... ¡No como tú, que nunca estás solo!, ¡ESTÁS REVOLCÁNDOTE CON LA ZORRA DE TU SECRETARIA, PAPÁ!

Lo siguiente que sentí luego de descontrolarme de ese modo fue la mano de mi padre en mi cara y el gran dolor del golpe junto con el de mi alma rota.

—Cuando despierte mañana, no quiero verte en mi casa. No sé a dónde te irás, pero no quiero volver a verte... y si llego a ver a Nickolas por la calle, lo voy a matar, te lo juro —finalizó mi padre—. ¡LÁRGATE A TU CUARTO! ¡FUERA DE AQUÍ!

No salí de mi habitación en toda la noche. No comí, ni me bañé ni hice nada; sólo escuchaba a mi madre llorando en la puerta de mi habitación. Esperé un poco a que bajara la tensión del momento y mis padres se fueran a dormir; fue cuando logré tomar mi teléfono y llamar a Nick.

—Nena, son las dos de la mañana, ¿qué sucede? —dijo con una voz un poco cansada.

—Nick, hablé con mis padres y... bueno... me echaron de casa... Mi padre no quiere volver a verme. No sé qué hacer ahora —dije angustiada.

—¡TE DIJE QUE NO DIJERAS NADA! —gritó alterado—. ¡Demonios, Anna!

—Lo siento mucho, Nick, sólo quería apoyo, no sabes lo difícil que es —dije mientras lloraba angustiada...

—Muy bien... Cálmate, baby, no me gusta escucharte así, y ahora dime, ¿qué haremos? Aquí en mi casa tampoco podemos vivir, sabes que mis padres no me apoyarán, siempre me lo han dicho.

—No lo sé, pero mi padre dijo que no quería verme aquí al despertar —escuché un silencio que venía del otro lado del teléfono—. ¿Hola?, ¿hola...?, ¿Nick, sigues allí?

—Nena —pausó unos segundos—, son las dos de la mañana. Recoge tus cosas, ¿ok? Pasaré por ti a las cuatro. Dame tiempo de recoger todo lo que pueda. Te amo, adiós —fueron sus palabras antes de colgar.

Colgué el teléfono y lo pensé un segundo acostada en mi cama, ¿qué más podía hacer? Irnos era la única opción. Tomé mi ropa, algo de dinero y algunas almohadas y metí todo en un pequeño maletín que tenía bajo mi cama. No me cambié de ropa, pues tenía la misma del día anterior; con toda esa presión olvidé hasta bañarme. Dormí un poco hasta poco antes de las cuatro de la mañana, que fue cuando sonó mi despertador. Desperté, tomé mi maleta y me senté en la cama pensando en todo lo que me esperaría sin mis padres, embarazada, sólo con Nick y sin ni siquiera un hogar. Fue cuando miré por mi ventana las luces de su auto. Este era el comienzo de mi nueva vida como futura madre adolescente. Suspiré un poco y tomé mi bolso. Al salir de mi habitación, sentí unas manos en mis hombros, salté del susto de sólo pensar que fuera mi padre, pero no, era mi madre, quien me miraba mientras sostenía una gran bolsa.

—Mamá... —dije sorprendida al verla.

—Hija, no sabes cuánto me duele que tengas que irte, pero así lo ha decidido tu padre y no puedo llevarle la contraria. Hija... que Dios te guíe en su camino a ti y a tu hijo.

Miré al suelo mientras las lágrimas caían de mis ojos.

—Ten, hija —me dio una bolsa mediana llena de provisiones—, no te las acabes todas en un día, pero tampoco dejes de comer, por favor.

—Gracias, mamá.

La abracé un poco. Luego de unos segundos, ella me soltó y tomó mi rostro, para así dejarme ir a lo que al parecer sería mi nueva vida.

alí por esa puerta; por la puerta del que había sido el hogar de toda mi vida, donde nací, donde crecí y donde había cometido el error de decepcionar a mis padres.

Abrí la puerta del auto de Nick y llevé mi maleta hasta la cajuela, mientras él sólo me miraba en silencio. Me senté en el asiento del copiloto, y fue cuando el coche arrancó y comenzamos nuestro trayecto a lo desconocido.

Luego de una media hora ya nos encontrábamos al otro lado de la ciudad, fue cuando Nick pudo percatarse de que en serio estábamos muy cansados de todos estos días, la presión había sido horrible. Hacía unas semanas estábamos en el parque disfrutando con nuestros amigos de nuestra juventud y ahora estábamos solos, sin ayuda, porque ninguno de nuestros amigos podía darnos hospedaje, sólo nos decían: "Lo siento mucho por tu situación". Nick tomó mi hombro mientras frenaba un poco por la luz del semáforo.

—Nena... —me miró con esos ojos marrones que casi no se notaban por la oscuridad de la noche en el auto—, ¿quieres que pasemos la noche en un motel? Te prometo que mañana a primera hora nos vamos, te ves muy cansada.

—Está bien —afirmé con una cara de sueño, la verdad, nada normal.

Nick condujo un poco más hasta llegar a un motel. No era el más bonito del mundo, pero no podíamos costearnos un hotel; nos faltaban muchas noches más por vivir y teníamos que ahorrar. Pedimos una habitación y luego entramos. Él tiró nuestras maletas en el suelo y yo sólo me acosté directamente a la cama. Sentí cómo Nick caminó hacia la lámpara que se encontraba casi a nuestro lado y la apagó acostándose a mi lado y abrazándome.

—Todo estará bien, amor, saldremos adelante —dijo con una voz apagada para luego dormirse.

Mientras caía en el sueño, no podía evitar pensar en la realidad que nos rodeaba. Cuando el dinero se acabara, ¿qué haríamos?, ¿dónde dormiríamos cuando ya no tuviéramos para moteles? Y, sobre todo, ¿Nick lo soportaría? Lo peor que podría pasarme sería quedarme sola en esta situación. Él era mi única fuerza en estos momentos, además de... de... bueno, el bebé. No sólo sería una larga noche; sería una larga vida desde que me enterara de mi embarazo hasta siempre.

La tarde de ese mismo día abrí los ojos y pude percatarme de que lo que había pasado la noche anterior no había sido un sueño, de verdad estaba sucediendo; de verdad las personas que creía que no me abandonarían me dieron la espalda. Me entró una gran tristeza, la cual no puedo expresar cómo se sintió, sólo sé que mis ganas de llorar eran incontrolables, cuando vi a la única persona a la que le importaba en ese momento caminar hacia mí con un plato lleno de comida.

—Nena, te traje algo de desayuno —dijo con una pequeña sonrisa—. Vamos, come, sé que no has estado comiendo bien estos días —se sentó a un lado de la cama.

—Oh, Nick... tú siempre haciéndome sentir mejor en esos instantes cuando siento que no puedo más; cuando no puedo expresar lo que siento al estar en mis peores momentos y ver allí tu sonrisa intentando alegrarme.

Terminamos de comer. Por fin me bañé, luego de muchos días me sentía muy sucia, la verdad. Nos cambiamos de ropa y salimos a seguir nuestro camino hacia... ummm... no sabíamos.

Mientras íbamos camino a una ciudad que se encontraba a dos horas de la nuestra, comenzó una gran tormenta.

—¡Sube el cristal! —gritaba Nick, ya que por la fuerte lluvia casi no se escuchaba nada. Lo hice y luego lo miré.

—¿Qué sucede?

—Sólo me gusta verte mientras conduces —sonreí.

—¡Ah! ¿Qué... luzco muy apuesto? —dijo mientras reía.

—No, en realidad te ves muy mal —contesté entre risas.

—No creo que me vea tan mal. Tu cara de tonta al mirarme lo dice todo, baby.

—Eres un imbécil, Nick, jajaja.

—¿En dónde pasaremos la noche hoy? —preguntó.

—No lo sé. ¿Qué hora es? —dije mientras tomaba su teléfono—. Uh, son las 5:55.

—Despertamos tarde, baby. Ya sé a dónde podemos ir —se desvió un poco.

—Espera, ¿a dónde?

—Sshh, estoy conduciendo —finalizó Nick.

Viajamos un poco más de dos horas, o eso creo. Miraba a Nick a ver si me decía algo sobre el lugar, pero no funcionaba, sólo estaba callado y a veces sonreía y me hacía reír a mí también por su misterio. Luego de un rato paró la lluvia y salió un poco de sol, o bueno, lo que quedaba de él ya casi a las seis de la tarde. Callada, miraba por la ventana el atardecer, hasta que reconocí algo.

—¿Me trajiste a la playa? —dije feliz y muy impresionada.

—¡Sí! —dijo sonriendo.

Para ser domingo, la playa se encontraba muy solitaria; en realidad, totalmente sola. Nick paró el auto en medio de la playa, cerca del agua.

—¿Imaginas que una ola se llevara nuestro auto?

—Iría a buscarlo —dijo mientras se quitaba los zapatos.

Nick era tan libre y me hacía sentir tan feliz… era como si intentara alegrarme a pesar de todos los problemas que teníamos encima. Lo vi quitarse los zapatos y la camisa y correr sólo con sus jeans azules al agua.

—¡Ven, baby! —me decía gritando.

—Estoy bien —dije sonriente y me senté en la arena a observarlo. El simple hecho de estar allí con el atardecer y Nick me hacía sentir totalmente relajada.

Luego de un rato en el agua, él salió y se sentó a mi lado acostándose en la arena.

—¿Has pensado en un nombre? —dijo mientras miraba al cielo.

—¿Nombre de qué? —lo miré.

—Para el bebé —me miró.

Me sonrojé totalmente, no sé por qué me hizo sentir tan feliz que nombrara al bebé por primera vez.

—No lo sé, aún no sabemos qué es...

—Tienes razón —me dijo mientras miraba al cielo de nuevo—. Acuéstate, es genial.

Me recosté a su lado y miré al cielo, así como él lo hacía, pidiendo... pidiendo a Dios, como lo hacía mi madre, que no nos abandonara, porque aunque Nick lo ocultara, yo sabía que él también sentía mucho miedo.

Buenas noticias. Nick consiguió un trabajo, ahora es jefe de una gran empresa y vivimos en una gran mansión, es una casa gigante. El auto lo vendimos y ahora tenemos mucho dinero. ¡Somos ricos!

Me gustaría mucho que todo esto fuera verdad y no sólo un apunte más en este cuaderno, en este diario. Durante los meses que han transcurrido, Nick y yo la verdad hemos sobrevivido como hemos podido, no ha sido nada fácil para nosotros, más que todo para él, ya que me siento muy culpable. No sé si fue por el embarazo o por la depresión que me dio desde que me fui de casa de mis padres, pero me enfermé, me enfermé mucho y adelgacé a pesar de tener una pequeña barriguita de dos meses.

Nick… bueno, Nick trae dinero a veces y se lo agradezco tanto… lo consigue de una manera al menos honrada: a veces corta el pasto de algunas casas para que le paguen o va a los supermercados y ayuda a meter cosas en bolsas por un poco de comida o unas cuantas monedas. Lo sé, no es el mejor trabajo del mundo, pero al menos no roba. Mientras él trabaja, yo lo espero aquí. Se preguntarán dónde viví, ¿verdad? Pues en ningún lugar específico. Con el dinero que él gana, que no es todos los días, apenas podemos comprar un poco de comida para los dos. A veces, cuando llueve, dormimos en un auto; un feo y sucio coche que solía ser el orgullo de Nick, o en unas carpas para acampar que trajo de su casa la noche en que nos fuimos; aquel día que recuerdo como si hubiera sido una hora o menos.

Me encontraba acostada dentro de una de las carpas, con un cuaderno en mano, escribiendo el diario que mi bebé leería quizás algún día. Me preguntaba: ¿cómo será mi bebé?, ¿cómo se escuchará su corazón? Me gustaría saber todo eso, pero ni siquiera puedo ir a un médico porque no tengo dinero para esas cosas. Estaba escribiendo un poco cuando sentí que movieron un poco la carpa.

—Soy yo, amor, estoy en casa —dijo Nick con una voz divertida.

Abrí el cierre de la carpa y me senté.

—¡Hola! —esperé a que entrara y lo abracé y besé—. Te he extrañado todo el día, mi amor —dije muy contenta.

—Yo también, baby —sonrió y me dio una pequeña bolsa—. Te traje algo de comer.

Abrí la bolsa y noté que era un pequeño pan que comencé a comer sin dudarlo dos segundos, pues no había desayunado ni almorzado en todo el día. Vi a Nick, observándome atento.

—¿Quieres un poco? —le ofrecí.

—No... no, baby, ya comí —dijo con una mirada baja.

—Sé que mientes —tomé el pan, lo partí por la mitad y se lo di—, ten —le sonreí.

—Oh, no, no, mi amor, necesitas comer tú... y el niño... tienes que comer.

—No, Nick —dije—, los tres necesitamos comer, por favor.

—Está bien, amor —comenzó a morder el pan.

Comer así para mí era el paraíso, pues había noches que ni siquiera podíamos cenar porque no nos alcanzaba para nada. Lo pensé muy bien y debía ayudar a Nick a conseguir algo de dinero, quizás al día siguiente iría a algún lugar a conseguirlo como fuera; intenté buscar trabajo, pero nadie le daba empleo a niñas de diecisiete años y menos embarazadas, dicen que es mucha responsabilidad. "Mañana a primera hora encontraré la forma de conseguir dinero", pensé.

Apenas desperté a la mañana siguiente, esperé a que Nick se fuera a trabajar al supermercado y me vestí con la poca ropa que tenía, la cual casi ni me quedaba porque me estaba creciendo la panza. Me puse el suéter negro de Nick y me fui rogando que, por favor, cuando volviera, nuestro campamento estuviera intacto. Caminé un poco hasta el centro de la ciudad con un poco de dolor de cabeza, pues sentía cómo el bebé se movía pidiéndome un poco de comida, pero no tenía nada para darle.

Lo siento mucho, mi amor, por no haberte alimentado bien cuando estuviste en mi vientre, si llegas a leer esto, quiero que entiendas que tu papá y yo hicimos todo lo posible por ti.

Caminé y me senté en una acera, y bueno... con toda la vergüenza del mundo, hice lo que nunca pensé que haría en mi vida.

—¿Podría regalarme unas monedas? —decía mientras estiraba mi mano a las personas que iban pasando.

Fue horrible. Algunas personas me miraban con mucha lástima y me daban algo, pero otras me miraban muy mal, casi lloro cuando escuché a alguien decir: "Mira a esa mujer, está embarazada y anda pidiendo en la calle... pobre bebé...".

No mentiré, me veía muy mal, no tenía el peso que debería tener una mujer embarazada de casi tres meses, estaba sucia y muy hambrienta, pero necesitaba encontrar dinero para ayudar a Nick y comer esa noche.

—Unas monedas, por favor —decía aún mirando a las personas que pasaban.

Anocheció y volví al campamento que llamaba hogar, y allí estaba Nick esperándome.

—¿Dónde estabas, Anna? —dijo alterado.

—Siento haber tardado, pero mira —saqué unas monedas del bolsillo—, conseguí un poco de dinero.

—Nena... te he dicho yo puedo trabajar, no quiero que estés haciendo trabajos pesados por ahí en este estado —dijo.

—Pero no hice nada pesado, sólo pedí unas monedas.

—¿QUÉ? —se sorprendió—. ¡No quiero que estés pidiendo por ahí, Anna!

—¡Pero quiero ayudarte! —dije insistiendo.

—¡NO QUIERO QUE ME AYUDES! —gritó.

—Por favor, no me grites.

—No quiero que estés mendigando pidiéndole a esas personas que... ¡que sólo te tienen lástima!

—¡NO ME IMPORTA LO QUE DIGAS, TE SEGUIRÉ AYUDANDO!

—Haz lo que quieras —se acostó a un lado de la carpa.

Intenté dormir un poco separada de mi Nick, pero no pude. A mitad de la noche me volteé, lo abracé y lo molesté hasta que él hizo lo mismo.

—Te tengo una sorpresa para mañana —dijo.

—¿Eh? ¿Mañana?, ¿por qué no hoy? —dije con voz de tristeza.

—Porque cuando llegué no estabas, y cuando llegaste me hiciste olvidar dártelo.

—Pero ya estamos bien, ¡dámelo! —insistí.

—Ahora no, baby, estoy acostado, vamos a dormir.

—Bueno, está bien, pero lo quiero mañana a primera hora —sonreí y lo abracé.

A la mañana siguiente desperté y Nick ya no estaba a mi lado.

—¡No!, ¡se fue! —grité decepcionada.

—No, no me fui, baby —dijo sonriente mientras entraba a la carpa con una pequeña bolsa.

—¡Aquí estás! —sonreí—, pensé que te habías ido sin despedirte.

—No, aquí estoy, y como te prometí —me dio una bolsa—, aquí está tu sorpresa. Perdón, pero no encontré nada para envolverla bonito.

Abrí la bolsa rápidamente y allí estaban: unos calcetines pequeñitos para bebé. Eran hermosos y tan chiquitos. En estos dos meses no tenía ni una pequeña cosa para mi bebé y él le estaba dando su primer regalo.

—Oh, Nick —dije contenta y lo abracé muy fuerte.

—¿Te gustan? —dijo en el abrazo—. Estaba ahorrando para comprarlos, amor.

—Son perfectos, muchas gracias —lo miré.

—Cada vez que pueda, le compraré algo —me vio—, esperemos que poco a poco tenga más cosas, para que cuando nazca, no le falte nada —sonrió y posó su mano sobre mi pequeño estómago—. Te amo, Anna.

—Yo también te amo —le sonreí.

Luego de que Nick se fuera, regresé a lo mío: a pedir monedas en el centro de la ciudad. Sé que él me dijo que no lo hiciera, pero en serio sé que necesito ayudarlo.

Han pasado dos meses desde que comencé a mendigar, no es un trabajo como tal, pero ya no nos falta la comida tanto como antes. ¡Wow!, tenía dos largos meses sin abrir este cuaderno para escribir algo. Es que bueno, he enfermado mucho todo este tiempo. Hace unos días me desmayé mientras comíamos y Nick me cuidó toda la noche, supongo que es porque estoy casi en los huesos, aunque mi vientre está grande y al estar tan flaca, se me nota muchísimo más.

Ayer estuve acostada ahí en la carpa aguardando a Nick, ya estaba cayendo la noche y lo esperé como siempre.

—¡Nena! —dijo exaltado, asustándome un poco cuando entró corriendo a la carpa.

—¡Oh, Dios! —grité—, ¡estás loco!, ¡me asustaste!

—Lo siento mucho, baby —me miró sonriendo—, ¡pero mira!, ¡hoy gané un poco más de dinero! —dijo casi gritando de nuevo.

—Felicidades, mi amor —lo abracé.

—Ya sé qué hacer con el dinero —tomó mi mano.

—¿Qué harás?

—Mañana iremos al médico, Anna —sonrió.

—¿Al médico? ¿Para qué?

—Sé que quieres ver al bebé —sonrió mientras acariciaba mi vientre—, y he estado esperando mucho tiempo para esto yo también.

—¿Es en serio? —me sorprendí—. Gracias, —lo abracé.

Ahora mismo vamos saliendo al médico para ver a nuestro bebé por primera vez, la verdad, estoy muy emocionada, tanto que me arreglé como si fuera a una fiesta. Bueno, además de haberlo hecho por la emoción, lo hice porque es la única ropa bonita que me queda, toda la demás está rota y sucia.

Nick y yo salimos del campamento caminando, porque nuestro auto ya no servía, sólo para ser nuestra protección bajo la lluvia. Nick estaba tan guapo que no podía dejar de mirarlo ni un segundo, tenía tanto tiempo que no se vestía tan bien, porque siempre llegaba del trabajo muy sucio por las noches.

Caminamos, caminamos y caminamos hasta que llegamos a la clínica más cercana. Lamentablemente los hospitales adonde podíamos ir estaban demasiado lejos desde donde estábamos, casi a una hora, e ir caminando se nos hacía imposible. Entramos al lugar y Nick habló con una de las enfermeras que nos dijo que aguardáramos nuestro turno para poder ver al doctor. Esperamos hasta que llegó nuestro turno de pasar. No quería seguir esperando allí, pues las personas me miraban mucho, quizá por mi notable delgadez.

Entramos al consultorio y allí estaba el doctor, quien se sorprendió al mirarme. Lo primero que hizo fue pesarme y llamarme la atención.

—¡Tu peso es demasiado bajo para una mujer de cuatro meses de embarazo! Necesitas alimentarte bien, ¡no estés pasando hambre! —dijo subiendo un poco la voz.

—Lo siento —bajé un poco la vista.

—¿Dónde están tus padres? Tu madre debería ayudarte en esta etapa tan fuerte para ti.

—No vivo con mis padres —lo miré—, sólo con mi novio.

—Oh —se quedó en silencio un segundo—. Bueno... necesito hacerte unos exámenes, ¿está bien? Ya luego te haremos la ecografía para que veas a tu bebé.

—Sí, doctor —dije un poco avergonzada.

—Espere, doctor —dijo Nick un poco alterado—, es que nosotros sólo tenemos el dinero para la eco del bebé —dijo en voz baja.

—La salud de su esposa es mucho más importante que eso —tomó su hombro—. Hagamos algo —pensó un poco—, no te cobraré por esos exámenes, sólo por la ecografía, ¿de acuerdo? Ella de verdad necesita esos exámenes, puede estar en peligro su vida y la de tu bebé.

—Gracias, doctor —lo abrazó—, no sabe cuánto se lo agradezco.

Terminaron de hacerme los exámenes, el médico indicó que estaba sana, pero tenía que engordar un poco sí o sí. También me regaló unas vitaminas porque la verdad no tenía dinero para comprarlas porque eran muy costosas. Luego procedimos a lo más importante para nosotros: la ecografía.

—¿Están listos para ver a su bebé? —dijo el doctor mientras untaba un líquido muy frío sobre mi vientre.

—¡Sí! —respondimos Nick y yo totalmente emocionados.

Y allí estabas tú... lo más hermoso que había visto en mi vida, mi bebé; moviéndote y viviendo dentro de mí.

—Allí se ve su bebé, está muy sano —nos dijo sonriente—. ¿Quieren escuchar los latidos de su corazón?

—¡Sí! —dije muy emocionada.

De repente se escucharon sonidos, parecía un tambor.

—Su bebé tiene un corazón muy fuerte —nos dijo.

—¿En serio?, ¿viste, Nick?

Lo miré y pude notar cómo una pequeña lágrima salía de sus ojos para luego mirarme.

—Nuestro bebé está bien, baby —sonrió.

—¿Y les gustaría saber el sexo de su bebé ahora?

—¡Sí! —dijimos al mismo tiempo Nick y yo.

—Muy bien.

El doctor comenzó a mirar la pantalla un momento y luego dijo:

—¡Aquí está! —señaló.

—¿Qué es, doctor? —preguntó Nick.

—Un varón, un fuerte varón que a pesar del bajo peso de su madre está en perfectas condiciones —sonrió.

—¡Oh, por Dios! —dijo Nick gritando, y cuando volteé a mirarlo, estaba llorando—. ¡Nena, tendremos un varón! —me dijo sonriente.

Salimos del hospital a eso de las cuatro de la tarde, estaba agotada. Todas esas horas haciéndome exámenes y luego la ecografía... uuuf, me agoté. Pero valió la pena; sabía que mi bebé estaba muy bien y también que era un fuerte varón al que siempre cuidaría y amaría. Nick notó lo cansada que estaba, así que me abrazó un poco dejando que recostara mi cabeza en su hombro mientras caminábamos de regreso al campamento.

—Tranquila, amor, ya vamos a llegar, ¿sí? —dijo mientras caminábamos—. Allá en la carpa hay un poco de pan de antier, lo comerás y luego te irás a la cama, ¿ok?

—Está bien, mi amor —lo vi y sonreí un poco.

Llegamos al campamento luego de un rato y nos sentamos dentro de la carpa.

—Y... ¿qué nombre has pensado ponerle?

—No lo sé aún, quizá cuando lo vea allí sabré su nombre.

—Está bien, Anna, si eso quieres —me abrazó.

—¿Y tú has pensado en un nombre?

—Pues claro, pensé en el mejor nombre del universo, es un nombre de caballero, de guerrero, de superhéroe...

—Ah, ¿sí?, ¿y cuál es?

—Nick —me dijo sonriendo.

—Jajajaja, estás loco —lo besé.

A pesar de todos los problemas que teníamos encima, y la falta de, bueno, de TODO, aún teníamos algo: nuestro amor y nuestros planes para el futuro, sobre todo, teníamos a nuestro bebé con nosotros.

Al día siguiente me desperté bien temprano y me fui a lo de siempre, a pedir dinero al centro.

—Unas monedas, por favor.

Estaba sentada pidiendo con toda la vergüenza del mundo, cuando de repente vi a una de mis amigas de la escuela pasar con su novio.

—¿Patty? —me levanté del suelo y me puse casi tras de ella.

—¿Disculpe? —volteó y me vio de arriba abajo.

—Soy yo, amiga, soy Anna —sonreí un poco.

—¿Anna? —me miró sorprendida.

—Conoces a ésta... ¿esta indigente? —la miró el novio.

—Eeeh... no, no, mi amor —se volteó y siguió caminando—, qué asco, sólo mírala, da tristeza. Mejor vámonos ahora mismo, no vaya a ser que nos robe —rieron los dos.

Me senté en el suelo de nuevo y comencé a llorar, no podía creer que me tratara así después de tantos años de amistad, pero lo que más me dolía era que me juzgara sólo porque era pobre. Nosotros, los de bajos recursos, no somos ladrones, no tenemos enfermedades y no somos malas personas; nosotros podemos ayudar a otros sin importar su clase, somos mil veces más humildes que cualquiera, sólo que no tuvimos la misma suerte que todos y quedamos en la calle, pero no hay que juzgar a una persona que está pidiendo dinero en la calle, quién sabe si algún día terminamos igual por estar hablando mal de esa gente.

Dejé de pensar tanto y seguí en lo mío, pidiendo monedas para poder comprar la cena de esa noche y, gracias a Dios, resultó: pude comprar un pedazo de pan y un poco dc leche para comer con Nick. Aunque estábamos en una situación muy mala, éramos felices porque estábamos juntos; no teníamos la casa de dos pisos a la orilla de la playa como queríamos, pero por el momento esa carpa era nuestro hogar, donde estábamos felices y también tristes a veces.

Hoy me pasó algo que la verdad no me esperaba: estaba sentada pidiendo en la calle cuando vi a una mujer que se dirigió hacia mí. Tenía la cara un poco tapada, se acercó y luego puso una moneda en mi mano. La vi a los ojos y pude notar cómo se le llenaron de lágrimas inmediatamente. Me pregunté por qué, y volví a mirarla con más atención. Allí estaban esos ojos llenos de amor que me habían visto toda mi vida; que me habían visto crecer, caer y volver a levantarme; que, aunque ella estuviera mal, para mí siempre tenía una sonrisa. Era mi madre. Rápidamente mis ojos se llenaron de lágrimas también y ella se quitó la bufanda de la cara.

—¡Mamá! —dije sonriendo un poco mientras la abrazaba para comenzar a llorar.

—Hola, mi niña —dijo ella también llorando y acariciándome el cabello un poco—. Muchas personas me dijeron que te habían visto por aquí pidiendo limosna, y no les creí. Necesitaba asegurarme de que no fuera verdad... pero aquí estás, mi niña, pasando dificultades —dijo abrazándome más fuerte—. ¿Dónde estás viviendo, hijita? —preguntó.

—En ninguna parte, en realidad —dije—. Nick y yo estamos en un campamento en un bosque que no está muy lejos de aquí.

—Mi niña, cómo me gustaría ayudarte —se le salieron las lágrimas—, pero tu padre no me deja sacar ni un centavo de la casa, pero prometo ayudarte con la comida, ¿sí?, te lo prometo —dijo tomando mi cara y acariciándola.

—Gracias, mamá —dije sonriendo–. No sabes cuánta falta me has hecho.

—Ven, hija —me tomó de la mano—, vamos a un café, tenemos mucho que conversar, ¿sí?

—No me van a dejar entrar —dije bajando la mirada.

—¿Por qué no?

—¿No ves cómo estoy vestida, mamá? Siempre creen que voy a robarles sólo porque me paro en el vidrio a ver si alguien me regala un poquito de comida.

—No sabes cómo me duele que hagas esas cosas, en serio me siento muy culpable por no haber podido hacer nada —dijo tomando mi mano de nuevo—. Por favor, vamos a la cafetería, hija. Dime la verdad, ¿desayunaste hoy?

—No, mamá, la verdad no he comido.

—Vamos, hija, vamos a comer.

Me tomó de la mano y me ayudó a levantarme para ir a la cafetería. Caminamos hasta el lugar y al entrar, todos se me quedaron mirando, sobre todo los meseros, no había ni siquiera llegado a la mesa cuando uno me tomó del brazo.

—¡QUÉ HACES AQUÍ! ¡LARGO, LARGO! —me gritó jalándome hacia la puerta.

—¿Qué le sucede, no ve que está embarazada? ¡No la jale así! —gritó mi madre, caminando hacia nosotros.

—Usted no entiende, señora, esta gente así mal vestida son puros ladrones —dijo aún jalándome.

—Esta *mal vestida*, como usted le dice, es mi hija, ¡así que suéltela antes de que lo demande por maltrato!

El hombre me soltó y mi madre me tomó de la mano hasta que nos sentamos a la mesa. Siempre era así cuando entraba a un lugar o Nick entraba conmigo, nos miraban muy mal y mientras nos corrían o insultaban, nadie hacía nada, sólo miraban y algunos hasta se reían. No sé qué hubiera sido de mí sin mi madre en ese momento, porque sé perfectamente que nadie estaba dispuesto a hacer nada para ayudarme.

Nos sentamos y mamá me pidió un refresco y un desayuno; la verdad me daba mucha vergüenza con mi mamá, pero comí como los presos cuando salen de la cárcel y van por algo sabroso. Comí desesperadamente, claro que antes de comenzar, me acordé de mi pobre Nick: *Pobrecito, debe estar trabajando en el mercado como loco*, pensé. Tomé la mitad de mi comida y la pedí para llevar, quería que él comiera también esa noche.

Mi madre me miraba con una cara de tristeza muy grande pero con alegría al mismo tiempo. Supongo que era porque me había encontrado luego de cuatro largos meses. Me pidió que le contara todo con lujo de detalles, desde que salí de casa con Nick hasta este día, y así lo hice.

Cuando terminé de contar mi pequeña historia, mamá no podía dejar de llorar.

—Mamá —tomé su rostro—, por favor no te pongas así —dije a punto de llorar.

—Claro que sí me pongo así, hija, me siento tan culpable de todo lo que han pasado Nick y tú... y estás embarazada... me duele verte sufriendo en esta etapa tan dura —dijo sollozando.

—Mamá, no es tu culpa, la verdad sé que no querías que me fuera de casa —dije mirándola.

—Tu padre y yo te extrañamos todos los días —dijo mientras se limpiaba las lágrimas con una servilleta.

—Yo no creo que él me extrañe —dije mirando a otra parte.

—Hija... tu padre te extraña tanto como yo —tomó mi mano—, yo misma lo he visto llorando en tu habitación muchas veces desde que te fuiste.

—¿En serio? —dije mirándola.

—Te lo juro, lo he visto llorando en tu habitación, pero su orgullo no lo deja buscarte para disculparse, porque él sabe muy bien, y siempre se lo discuto, que hizo mal al echarte de casa, y así tan horrible —dijo.

—No sé por qué es tan terco —miré de nuevo a un lado.

—Sabes cómo es tu padre, hija. Pero ¿sabes qué? —sonrió—, se va a alegrar mucho al saber que te encontré y que hoy conversamos.

Mamá y yo salimos de la cafetería y caminamos un rato por la ciudad conversando sobre todo lo que había pasado desde que me fui. También me preguntó por el bebé y me dijo que antes de que naciera, ella iba a ayudarnos a conseguir un hogar. Luego de casi toda la tarde conversando, mamá se fue, no sin antes de que yo la invitara a que fuera al otro día a mi pequeño hogar. Estaba un poco apenada, pues mi hogar no era la gran cosa, pero en serio quería que ella viera dónde vivía para que me visitara cuando quisiera. La verdad, me hacían mucha falta sus palabras y su cariño. Después de todo, era mi madre y siempre la querría a pesar de todos los problemas, al igual que a mi padre, aunque él fuera muy terco.

Al día siguiente Nick y yo estábamos sentados fuera de la carpa esperando a mi madre, que nos visitaría. Estábamos muy nerviosos, pues como saben, nuestro hogar no era muy bonito, ni siquiera estaba hecho de ladrillos como los hogares normales, ni tampoco tenía paredes. Estábamos allí sentados conversando cuando vimos que alguien se estaba acercando, intentaba meterse entre todas las plantas y el monte que había en el bosque.

—¿Hija? —gritó desde lejos.

—Aquí estoy, mamá —dije levantándome.

—Yo iré a buscarla, amor, tranquila —dijo Nick mientras se alejaba un poco para ir a buscar a mi madre. Al cabo de un minuto estaban de regreso los dos.

—¿Cómo has estado, Nick? —dijo mi mamá mientras iba tomada de su brazo.

—Muy bien ahora que voy a ser papá, señora —sonrió un poco y la miró.

—¡Hijita! —dijo mi madre corriendo a abrazarme.

—Mamá, pensé que ya no vendrías a verme —dije también abrazándola.

—Claro que sí, mi amor. Sólo tardé un poco porque estaba haciendo unas compras —me entregó una bolsa—. Aquí tienes un poco de comida para ti y para Nick.

—Muchas gracias, señora —dijo Nick mirándola.

—Gracias, mamá —dije, y volví a abrazarla.

—También me tardé porque estaba esperando que tu padre se fuera al trabajo para poder venir —dijo.

—Oh... bueno, mami, pasa, pasa —le dije, y abrí la carpa un poco.

Mi madre entró al pequeño espacio y se sentó en una de las almohadas que teníamos allí, mientras Nick y yo nos sentábamos en las cobijas frente a ella.

—¿Y aquí viven? —dijo mirándonos.

—Sí, no es una cosa enorme, pero al menos nos protege de la lluvia —dijo Nick.

—¿Y tu auto, Nick? —preguntó mirando fuera de la carpa a ver si lo encontraba.

—Está del otro lado, señora —dijo mirándola—, se descompuso hace un tiempo ya —luego miró al suelo.

—Lo siento mucho... —dijo, y luego todos quedamos en silencio hasta que yo saqué conversación de nuevo.

—Ya falta poco para que nazca nuestro bebé —dije sonriendo un poco.

—Sí, hija, pero recuerden, yo los voy a ayudar a conseguir dónde tenerlo porque ustedes saben que un niño no se puede tener en estas condiciones —dijo preocupada.

—Me da mucha vergüenza con usted —dijo Nick—. Yo soy el hombre, yo debí haber buscado un buen hogar para mi familia —dijo mirando al suelo—, pero no he podido, porque no sirvo para nada y ni siquiera tengo un buen trabajo con el que pueda mantener a su hija y a mi bebé.

—Oh, cariño —lo abracé—, has hecho lo mejor que has podido. A pesar de estar en condiciones de pobreza, yo soy muy feliz aquí porque vivo contigo —le sonreí.

Nick también me abrazó.

—Te amo mucho —dijo sonriendo un poco.

—Estoy muy agradecida contigo, Nick —dijo mi madre—. A pesar de todo, no has dejado sola a mi hija y te lo agradezco mucho.

—No tiene nada que agradecerme, cuando una persona ama, las situaciones no importan.

Han pasado unos días desde que mamá vino a visitarme. Ella me dio la idea de ir a casa hoy a pasar la tarde juntas mientras Nick trabaja y papá también. Estoy un poco preocupada, pues me da mucho miedo que mi padre llegue y me encuentre, no sabría qué decirle y temo su reacción hacia mí. Pero me arriesgaré por mi madre, además, quiero ir a casa, aunque sea de visita.

Me puse una ropa muy bonita que mi madre me había regalado, tomé una bolsita de lona que usaba como bolso y metí algunas cosas: un paño para bañarme en casa, un peine y un pedacito de pan para llevar y compartir con mi madre, sabía que no era mucho, pero me daba mucha vergüenza ir sin llevar nada.

Fui a la terminal de autobuses y esperé uno que saliera hasta mi ciudad. Llegó el camión y me senté en el asiento al lado de la ventana, estaba muy emocionada, tenía tanto tiempo que no me subía a un autobús... siempre caminando desde que se dañó el coche de Nick. También estaba muy entusiasmada porque iría a mi ciudad que quedaba a dos horas de aquí. Hice mi plan de irme a las ocho de la mañana para pasar todo el día con mi madre y volver a las cuatro.

Mientras el camión iba por la carretera, yo iba muy atenta mirando por la ventana. Me estaba acordando cuando Nick y yo pasábamos en su auto por esos lugares, íbamos riendo mucho directo a alguna fiesta o algún evento. Pensar en Nick me hizo extrañarlo mucho, me hubiera gustado que fuera conmigo, pero lamentablemente tenía miedo de ir a casa desde que le dije que mi padre había amenazado con matarlo si lo volvía a ver.

Pasaron las dos horas y cuando me di de cuenta, estaba llegando al terminal de autobuses de mi ciudad. No sé si ustedes lo han sentido, pero yo pude sentir el olor de mi ciudad; el olor del lugar donde nací y crecí. Sonreí al saber que por fin había llegado, y luego por la ventana noté que mi madre estaba allí parada esperándome. Me bajé del camión y fui directo a abrazarla.

—Hija —dijo mi madre abrazándome—, te ves hermosa.

—Gracias, mamá —dije aún abrazándola—, gracias por invitarme.

—De nada, hija, bien sabes que puedes venir cuando quieras —tomó mi mano.

Mamá y yo caminamos por la calle tomadas de la mano hasta la casa. Cuando llegué allí no pude evitar sonreír, pues estaba en casa, en mi hogar. Entré, y aunque suene extraño, sentí el aroma de mi hogar, donde crecí y viví con mis padres unos meses atrás.

—Mamá... ¿puedo...? —dije mirándola, y fue como si ella adivinara lo que iba a decir antes de terminar la frase.

—Claro que puedes ir, sube —dijo sonriendo.

Subí poco a poco las escaleras, en realidad nunca las había subido tan lentamente porque siempre que llegaba a casa iba corriendo para no tener que hablar con nadie. Miré cada detalle de las escaleras y paredes mientras subía y me sentí muy feliz. *Qué recuerdos*, pensé.

Llegué hasta mi habitación y abrí la puerta. Estaba totalmente igual a como la dejé aquel día que me fui con Nick, aunque había una pequeña diferencia: mi madre había tendido mi cama. Fui hasta ella y me senté, admirando así cada uno de los detalles de mi habitación, las fotos con mis amigos y con Nick, el escritorio lleno de libros, mi uniforme de la escuela que se encontraba colgado en la pared, mis peluches que me había regalado mi padre cuando era pequeña... en realidad era todo, todo lo admiraba y todo lo quería tocar, extrañaba tanto mis cosas, extrañaba TODO. Estaba sumergida mirando mis cosas y pensando en todos los recuerdos cuando entró mi madre a la habitación y se sentó a mi lado.

—Tu padre y yo venimos aquí a veces —me abrazó—. Hace mucha falta tu presencia, hija; hace falta tu música a todo volumen, el sonido del teléfono a cada momento, tus discusiones con Nick a todo pulmón por el teléfono... también eso lo extrañamos —dijo, y ambas reímos un poco.

—Mamá —la miré—, me gustaría volver a casa.

—Puedes volver, hija, las puertas siempre estarán abiertas de mi parte, sólo tengo que convencer a tu padre y sé que no me dirá que no.

—Ja... —dije riendo irónicamente—. Mamá, él no me dejará

volver, ¿no recuerdas que me dijo que ya no tenía hija? —me crucé de brazos y la miré.

—Hija, él te extraña. Te repito: yo misma lo he visto llorando aquí en esta habitación. La verdad es que tu padre ha cambiado mucho desde que te fuiste.

—¿Cambiado en qué sentido?

—Ya no es el hombre de antes que trabajaba todo el día y toda la noche; que nunca estaba en casa, ni siquiera los fines de semana. Ahora siempre está en casa conmigo, hija.

—¿En serio? —dije con una voz un poco baja.

—Sí, hija, de verdad, y si te quedas hoy podrás comprobar que ha cambiado y que de verdad quiere verte.

—Yo... no lo sé, mamá.

—Por favor, piénsalo unos minutos, hija —dijo, abrazándome con mucho cariño.

Pasé un gran día con mamá. Comimos, miramos películas juntas, la verdad es que jamás había pensado que ella y yo pudiéramos llevarnos tan bien como nos estábamos llevando desde que me encontró aquel día.

Eran las tres y media de la tarde y ya estaba lista para irme, sólo recogía mis cosas cuando escuché la puerta principal.

—¿Quién llegó? —dije mirando a mi madre mientras intentaba guardar todo más rápido.

—Es tu padre, hija —se quedó sentada y me vio un poco seria.

—¡Oh!, entonces debo irme —tomé mi bolso—, ¡debo irme ahora mismo! —dije totalmente desesperada.

—No, Anna —se levantó de la silla y me tomó del brazo—, yo planeé esto, tu padre sabía que hoy venías para acá.

—¿Por qué hiciste eso, mamá? —le reclamé.

—Porque ustedes tienen que hablar y arreglar sus diferencias, Anna —dijo tomándome del hombro.

Yo me quedé en silencio y miré al pasillo mientras escuchaba los pasos que daba mi padre.

—Cariño, estoy en ca... —fueron sus palabras cuando entró a la cocina y me vio allí parada mirándolo.

—Hola, cariño —dijo mi mamá sonriendo un poco—, mira quién está aquí aún, nuestra hija —dijo un poco nerviosa.

—Hola, papá —dije mirándolo con un poco de miedo.

—Hola, hija.

Sin decir nada más, sólo se acercó a mí y me abrazó; luego de ese gran abrazo acarició mi panza.

—Qué grande está. Hola, bebé —le decía a mi panza sonriendo mientras la acariciaba.

Yo sonreí un poco y luego me puse a llorar.

—Papá —lo abracé llorando.

—Mi niña —también me abrazó—, lo siento tanto, hija, no sabes cómo lamento todas las noches el haberte echado a tu suerte, lo horrible que me sentía cada vez que me decían que tú estabas en las calles pidiendo limosna.

Yo seguía llorando mientras lo abrazaba.

—Quise buscarte muchas veces, pero pensé que me odiabas por no haberte apoyado —dijo.

—Claro que no, papá, yo siempre los querré a pesar de todo —sonreí un poco.

—Vuelve a casa, ¿sí? Te prometo que cuidaremos a tu bebé; los tres juntos podremos darle la mejor de las vidas —sonrió un poco también.

—Papá... quisiera vivir con ustedes no sabes cuánto, pero no puedo abandonar a Nick. Él ha sido mi fuerza estos meses en las calles.

—Nick volverá a casa, hija —dijo un poco disgustado—, al ver que tú ya no estás, volverá con su familia y no interferirá más en tu vida para ser feliz.

—Es que yo no quiero que él vuelva a casa, papá —dije alejándome de él—. ¡No quiero que se separe de mí! Tengo a su hijo en mi vientre y lo cuidaremos como una familia que somos.

—Hija... él no te conviene. ¿Acaso no ves cómo te tiene viviendo? Como una mendiga, una vagabunda asquerosa.

—¡Pues quizá como una vagabunda asquerosa soy muy feliz! —tomé mi bolso—. ¡Me voy, mamá!

—¡Anna, por favor, escúchame! —gritó mi padre.

—No, gracias. Adiós, mamá, te quiero —dije caminando hacia la puerta para luego cerrarla fuertemente.

Caminé un poco hasta que pude tomar un camión para la terminal. Cuando me senté en el autobús que me llevaría de regreso a mi HOGAR, se me salieron las lágrimas, pues la verdad es que no me gustaba vivir así, pidiendo dinero en las calles y haciendo pasar hambre a mi hijo, pero eso no era culpa de mi querido Nick, pues él hacía lo que podía para mantenernos bien. Y mientras nos encontráramos en esa situación, yo iba a estar con él acompañándolo, porque mi esperanza de que todo mejorara algún día nunca moriría.

Llegué a mi hogar, donde estaba Nick esperándome sentado afuera. Apenas lo vi, corrí a abrazarlo.

—Niña, no deberías estar corriendo, estás embarazada —dijo, y luego me besó.

—Lo sé, pero es que te he extrañado mucho hoy —sonreí y lo seguí besando.

—¿En serio? —me miró sorprendido—, pensé que no volverías.

—Claro que iba a volver, nunca te dejaría, Nick —lo abracé de nuevo—. Donde estás tú, está nuestra felicidad.

—No, mejor dicho, donde estás tú, porque eres la que tiene a nuestro hijo dentro, no yo.

—Jajaja, eres un tonto y cursi, Nick —lo besé.

Pasamos la noche comiendo y hablando sentados dentro de nuestra carpa. Mientras conversábamos, yo pensaba que allí era donde tenía que estar, donde estaba el amor de mi vida tenía que estar yo. Y aunque tuviéramos mil necesidades, nuestra felicidad nunca se había ido de nosotros.

Al día siguiente me levanté temprano, pues Nick me había dicho que me llevaría a una tienda de bebés a comprarle ropita a nuestro pequeño hijo. Ya teníamos que pensar un nombre para él, pues me preocupaba un poco que cuando naciera tampoco se me ocurriera nada.

Caminamos hasta la tienda con nuestras mejores ropas, pues cuando salíamos a hacer algo relacionado con nuestro hijo, nos arreglábamos lo más que podíamos. Llegamos al lugar y comenzamos a mirar ropita para nuestro bebé. Todo era muy hermoso en la zona de los niños, hasta que vi algo que me impactó.

—Oh, Dios, mira, Nick —lo tomé del brazo y comencé a saltar.

Había un osito de peluche hermoso en una de las repisas de la tienda, era precioso.

—Es perfecto para nuestro bebé —miré a Nick—. Por favor... ¿podemos comprarlo? —dije como una niña de siete años cuando quiere una muñeca.

Nick se acercó hasta el osito y miró su precio. Mi sonrisa se fue cuando noté su cara de decepción.

—Lo siento mucho, cariño, es muy caro —dijo mirándome con tristeza.

—Oh, mi amor, no te preocupes —sonreí y lo abracé—. Ven, sigamos mirando ropa —lo jalé de regreso hasta donde estaba la ropita.

Compramos unas hermosas camisas para nuestro bebé y unos zapatitos. Fuimos hasta la caja y Nick pagó las cositas con unas cuantas monedas que le habían dado en el mercado. La señora de la caja registradora le puso mala cara, pues eran muchas monedas y dos billetes arrugados. Terminamos de comprar y salimos con la bolsa de la tienda. Cuando íbamos por la esquina, Nick me dio la bolsa y me dijo:

—Olvidé algo, cariño, espérame aquí un momento, por favor.

Aguardé con la bolsa en la mano tranquila, mirando hacia la tienda, cuando escuché una alarma y a unas personas gritando.

—¡SE ROBÓ ALGO! —vociferaban mientras yo veía a Nick corriendo fuera de la tienda.

Corrí hasta donde se encontraba Nick rodeado de hombres, que no lo soltaban y le gritaban: "¡Eres un maldito ladrón!", mientras él miraba al suelo.

—¡Él no es ningún ladrón! —decía yo mientras intentaba entrar al círculo que hacían los hombres rodeando a Nick.

—¡POLICÍA, POLICÍA! —gritaba el dueño de la tienda hacia la calle mientras las demás personas miraban.

Un policía llegó corriendo del otro lado de la calle, pues era el que siempre hacía vigilancia por allí. Se acercó a Nick y comenzó a revisarlo.

—¡ÉL NO HA ROBADO NADA, DÉJELO IR! —gritaba mientras Nick me miraba con los ojos llorosos.

El policía revisó el chaleco de Nick y apenas metió su mano, sacó el osito de peluche azul que habíamos visto en la tienda unos minutos atrás. Miré a Nick y se me salieron las lágrimas mientras él me veía. Lo siguiente que observé fue que el policía lo esposaba.

—¡NO, POR FAVOR! —grité intentando entrar entre la multitud y tocar a Nick.

Cuando por fin lo logré, un hombre me empujó haciendo que me golpeara contra el suelo, lo cual me lastimó horriblemente. Unas señoras me ayudaron a levantarme, pero cuando pude hacerlo, entre el policía y la gente insultándolo ya habían subido a Nick a la patrulla.

No sabía qué hacer, ni a dónde ir. No tenía idea de a dónde se lo llevarían, así que le pregunté a una señora que estaba a mi lado:

—Por favor, dígame a dónde lo llevan —dije entre lágrimas.

—A la central de policía en la Plaza Esmeralda, ¿sabe usted dónde es?

—Sí, muchas gracias.

Me fui caminando un poco rápido mientras con mi mano tomaba mi vientre que se encontraba adolorido por la caída. Caminé un poco más de media hora. A eso de las siete y media de la noche llegué a la central de policía y pedí ver a Nick.

—Ah, ¿hablas del vagabundo ladronzuelo que trajeron hace unas horas? —dijeron unos policías mientras reían.

—Por favor, déjeme verlo —suplicaba.

—No puedes verlo hoy. Tienes que esperar hasta mañana, ¡ahora lárgate! —dijo uno de los policías.

Me alejé de ellos y caminé hacia afuera.

—De seguro también es una vagabunda —dijo el otro conversando.

Esa noche fue la peor de mi vida. Estuve sentada en la plaza sólo esperando a que amaneciera. El frío era espantoso, jamás me había sentido tan sola en mi vida.

Al día siguiente desperté en una de las bancas de aquella plaza que en la noche se veía horrible y tenebrosa. La peor noche de mi existencia, la verdad. Apenas me paré de allí, fui corriendo de nuevo a la central a preguntar por Nick.

—Disculpe, ¿ya puedo ver a Nick? —le pregunté a una mujer policía que se encontraba allí sentada haciendo la guardia.

—¿Habla del chico que trajeron anoche por robo?

—Mmm... sí, el mismo.

—Pase por aquí. Que sea rápido.

—¡NICK! —corrí hasta su celda donde él me recibió igualmente corriendo hasta las rejas que nos separaban—. ¡Por qué hiciste eso!

—Perdóname, por favor, lo hice por ustedes —tomó mis manos.

—Sabes que siempre te perdonaré, pero lo que hiciste fue muy estúpido, no necesitabas robar para hacerme feliz —también tomé su manos.

—Lo siento mucho —miró al suelo—, pero eso no importa ahora, lo que me importa es que el tiempo que esté aquí te cuides, ¿está bien?

—¿Cómo que el tiempo?, ¿no te irás conmigo a casa, Nick? —le pregunté, y mis ojos se llenaron de lágrimas.

—No, Anna, no podré irme contigo —intentó abrazarme mas no pudo porque las rejas se lo impedían—; mañana me trasladarán a otro lugar y allí decidirán cuánto estaré encerrado, cariño.

—Pero, Nick, no puedes dejarnos solos al bebé y a mí —tomé su mano y la puse en mi vientre.

—Lo siento mucho, nunca me lo perdonaré, mi amor —me miró y se le salieron las lágrimas.

—Acabó el tiempo de visitas, lo siento —dijo la policía, que venía de regreso. Me alejé de Nick sin dejar de mirarlo mientras mis lágrimas corrían por mi rostro. Sólo lo escuchaba decir: "Lo siento, lo siento", mientras se arrodillaba en su celda tomando con sus manos las rejas que dividían nuestro amor.

Lamentablemente me quedé sola; no tan sola porque tengo a mi bebé, pero él no ha nacido, así que no tengo con quien hablar. Desde que Nick se fue debo pararme temprano todas las mañanas para sentarme en el medio de la ciudad a pedir dinero a las personas para poder comer. En la calle comentan que aquel chico ladrón había sido condenado a cuatro meses de cárcel, y yo sólo me tenso de pensar que en cuatro meses estaré a un paso de ser mamá y puede ser que Nick no haya salido aún para esa fecha. Tan sólo imaginar que quizá mi hijo nazca unos días antes de que Nick salga de la cárcel me pone muy triste, pues deseo mucho que él esté conmigo en ese momento.

He pensado seriamente en llamar a mis padres y pedirles ayuda, pero la verdad, desde que mi padre me dijo lo que me dijo de Nick, no quiero verlo. No deseo que al saber que él está en la cárcel, piense lo peor, porque Nick no es una mala persona; sólo hizo eso por mi culpa, por andarle pidiendo cosas que yo sabía perfectamente que no podíamos comprar.

"Una moneda, señora, por favor", decía sentada en el piso mientras estaba hundida en mis pensamientos. La verdad, tengo días sin estar tranquila desde que se llevaron a mi Nick; tampoco he dormido bien, pues en las noches el miedo de que alguien entre a la carpa y me haga daño es horrible. Cualquier loco puede hacerme daño porque sólo soy una niña dentro de una carpa en el bosque.

A veces voy en la noche hasta la panadería más cercana a comprar algo de pan y me quedo allí hasta que cierran sólo porque quiero estar acompañada. No me gusta estar sola, es horrible.

Desde que Nick se fue, me he sentido muy sola y con miedo de que nos pase algo a mí o a mi bebé, así que decidí recurrir a las personas con las cuales no quería relacionarme hasta el momento: mis padres.

Llamé a mi madre desde un teléfono público para preguntarle si podía volver a casa con ellos y ella me dijo que estarían encantados de que volviera, sobre todo mi padre. En ese momento pensé: "Claro que él está contento, ya Nick no está conmigo".

Aunque Nick no estuviera conmigo, yo siempre le escribía. Le enviaba cartas porque no siempre tenía dinero para pagar un teléfono público.

Querido Nick:

Desde que no estás, todo se me ha hecho muy difícil. Y cuando me refiero a esto no estoy hablando del dinero. Hablo de lo difícil que ha sido estar en las noches sola con miedo y sin ti. También hablo de la falta que me hace tu voz apoyándome para seguir adelante a pesar de todos los problemas y siempre haciéndome reír. No he ido al médico, pero creo que he subido un poco de peso, pues los pantalones comienzan a quedarme nuevamente. Estos días el bebé ha dado muchas patadas, y también se ha movido mucho, quizá esperando a que pongas tu mano para sentirlo o esperando a que le hables como lo hacías todas las noches antes de dormir.

He estado pensando y creo que volveré a casa de mis padres para no sentirme tan sola. No te preocupes, cariño, apenas salgas de esa prisión volveré a vivir contigo; prefiero morir de hambre todas las noches pero estar contigo. Sólo estoy con ellos porque en serio siento que necesito la ayuda de alguien.

Lamento mucho no poder llamarte, pero sabes que a veces no tengo ni siquiera una moneda para ponerle al teléfono y llamar a la cárcel. Pero, aunque no tenga para llamarte, siempre te escribo a cada segundo y a cada minisegundo. Siempre que estoy haciendo algo, pienso: Oh, esto debo contárselo a Nick cuando comience a escribir mi próxima carta". En fin. La hoja se me está acabando y no tengo otra, discúlpame si este papel está un poco sucio y roto... es el único que pude encontrar en las calles, creo que ya te diste cuenta de eso porque cuando abriste mi carta notaste que estaba escrita sobre una hoja de publicidad de una tienda. Te amamos, cariño. Te extrañamos mucho.

Anna y el bebé

Me desperté en la mañana y comencé a guardar mis cosas y las de Nick; mi padre llegaría en un momento para ayudarme a recoger las carpas y subir todo al auto, pues yo no puedo estar cargando por el embarazo, siento que esta panza me crece cada segundo más.

Cuando llegó mi padre, me dijo que me subiera al coche mientras él desarmaba las carpas y metía las cosas. La verdad, él y yo no hablábamos para nada desde el problema que tuvimos aquel día sobre Nick. Aún estaba muy herida como para hablarle por completo.

—¿Cómo has estado, hija? —me preguntó al subir al coche.

—Bien... —dije sin mirarlo.

—Me alegra que decidieras volver a tu hogar —dijo serio.

—Mmm... sí —dije intentado evitar el tema.

Papá y yo estuvimos dos horas en el auto casi sin hablarnos. La verdad, fue muy incómodo estar en silencio todo el camino, ni siquiera con un poco de música porque me daba pena encender la radio por miedo a que me dijera algo. Lo confesaré: desde que me fui de casa, me he vuelto muy miedosa, quizá es por los malos tratos que he tenido de las personas, era horrible cuando me miraban mal o casi me pegaban nada más por pedir un poco de comida.

Me daba un poco de tristeza saber que mi padre ni siquiera me había preguntado cómo había hecho para vivir todo ese tiempo fuera de casa. Me da tristeza también saber que cree que luego de todo lo que me dijo aquel día que me corrió yo voy a estar como si nada con él.

Llegamos a casa y mientras él bajaba todas las cosas, yo entré directo a abrazar a mi mamá, que estaba esperándome en la sala... cómo la había extrañado.

—Hijita —dijo mi madre al abrazarme.

Apenas sentí su abrazo, las lágrimas comenzaron a correr por mis mejillas mientras ella acariciaba mi cabello.

—Lo sé, corazón —dijo aún abrazándome—, sé que es fuerte para ti lo que le pasó a Nick.

—Fue mi culpa, mamá —dije todavía llorando.

—Claro que no, cariño, no fue culpa de nadie, tranquilízate, eso le hace daño a tu bebé.

—Lo sé... —dije, y luego me separé de ella para limpiar mis lágrimas.

—Sube, anda a bañarte. Y allí en el clóset está una ropita nueva que te compramos, mi amor —dijo sonriendo.

Subí las escaleras lentamente hasta llegar a mi habitación. Allí encontré la sorpresa más hermosa que pudieron haberme dado mis padres: una hermosa habitación azul, con cortinas azules y muchos peluches para mi bebé; también con una linda cunita que se encontraba a un lado de mi cama.

Apenas miré la habitación y de la impresión comencé a llorar. Nunca pensé que mi bebé tendría una habitación tan bella, sólo en mis sueños era así. Corrí, como pude, escaleras abajo hasta la sala, donde estaban mis padres sentados.

—¡Qué hermosa les quedó la habitación para él bebé! —dije exaltada, sonriente y con unas cuantas lágrimas contenidas.

Sin decir nada, mis padres se levantaron del sillón y me abrazaron fuertemente. Claro, sin lastimar a mi bebé. Luego de estar un breve rato con mis padres compartiendo y agradeciéndoles por el detalle tan hermoso, decidí subir un momento para utilizar el teléfono de mi habitación (el cual, por alguna extraña razón, también había echado de menos).

—¿Hola?, ¿hola?, por favor, ¿podría hablar con Nickolas Miller?

—Espere un momento, por favor —escuché decir a la persona del otro lado del teléfono.

Luego de unos cuantos minutos, pude escuchar la misma voz al fondo.

—Tienes cinco minutos, Miller.

—Está bien —escuché la voz de Nick—. ¿Hola?

—¿Hola?, hola, cariño, ¡soy yo, Anna! —dije emocionada de por fin poder escucharlo. Lo había extrañado.

—¡Hola, cariño! —se escuchaba también feliz—. Te he extrañado mucho, ¿cómo estás?, ¿cómo está el bebé?

—Estamos muy bien, cariño, estamos en casa de mi madre. Te hemos extrañado mucho, la verdad. ¿Has recibido mis cartas?

—Sí, amor, cada una de ellas y no te mentiré, las leo cada vez que me siento solo.

—Oh, cariño, te amo —sonreí.

—Yo también te amo, cariño —pausó—, espera. ¿De dónde me llamas?, ¿acaso es del número de tus padres?

—Sí, pero no te preocupes, estoy escondida, mi amor.

"Miller, se acabó el tiempo", se escuchó al fondo.

—Ahora debo irme, Anna, lo siento mucho. Los amo, adiós.

—Y nosotros a ti, mi amor.

—Te prometo que pronto saldré de aquí, corazón... adiós.

Y colgó.

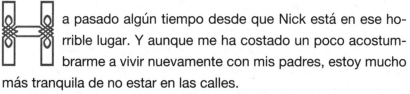

Ha pasado algún tiempo desde que Nick está en ese horrible lugar. Y aunque me ha costado un poco acostumbrarme a vivir nuevamente con mis padres, estoy mucho más tranquila de no estar en las calles.

El bebé ha crecido mucho desde entonces; mi embarazo se encuentra en un estado avanzando. Me cuesta un poco caminar debido a mi tamaño (ya que no sólo soy pequeña de edad). Durante este tiempo sola he estado pensando en algunos nombres para mi bebé, entre los cuales están:

Thomas

Bill

Julian

Nikolai

Nickolas (como su padre)

Dominic

Kevin

Santiago

La relación con mis padres ha mejorado digamos 50%, pues estamos bien, disfrutamos mucho nuestro tiempo en familia y salimos algunas veces a comprar cosas para el bebé. Pero siempre que nombro a Nick o digo que voy a escribirle para comentarle sobre mi día, mi padre se enoja y me deja hablando sola (cosa que odio definitivamente).

Nick me escribió. Se encuentra bien, dijo que hace una semana tuvo problemas con uno de los hombres con los que comparte su celda porque quería robarle los libros que yo le había llevado la última vez que me permitieron visitarlo, pero aun así dice estar bien. Sobre su caso en la cárcel, los oficiales se han aprovechado de que sea una persona sin dinero y sin nadie que pueda pagar su fianza, y han extendido un enorme archivo donde lo acusan de robos por el simple hecho de ser una persona pobre.

Desde que estoy viviendo con mis padres he estado yendo al médico para controlar mi embarazo y saber cómo me encuentro de salud. La última vez que fui, el doctor me indicó que subí de peso favorablemente, y que mi bebé ya está en posición, eso quiere decir que ya su cabeza está apuntando a la salida o así me lo explicó mi madre. Todo está en perfectas condiciones y va a ser un niño grande por el gran tamaño de mi vientre.

Me siento muy feliz de saber que ahora tendré a mi bebé en un lugar seguro como un hospital, pues antes sentía mucho miedo de dar a luz sola en la carpa sin nadie que me ayudara. Hubiera sido horrible para mí por el gran miedo de perder a mi chiquito (pues donde vivía no existía ningún hospital tan cercano).

Siempre les estaré agradecida a mis padres por haberme ayudado cuando más los necesitaba, y a Nick también, por haberme apoyado en esos momentos difíciles y ser mi apoyo incondicional."

alí de casa con mi madre. Estábamos en camino para comprar unas cosas cuando me crucé con unos viejos amigos de mi escuela. Bajé un poco el paso pensando que quizá me saludarían, pero me equivoqué. Sólo me miraron y comenzaron a hablar entre ellos. Noté sus miradas de desaprobación y, la verdad, no me importó, pues tantas personas me habían hecho mala cara o me habían despreciado que ya no me importaba; no me interesaba lo que dijeran de mí. Desde que mi hijo llegó a mi vida, me enseñó a ser una mejor chica, y también quiénes son las verdaderas personas que me quieren y valoran.

Algunas veces recordaba que antes de estar embarazada tenía muchos amigos y todos decían que estarían siempre en las buenas y malas, pero mírenme ahora. Ninguno de ellos está aquí conmigo, todos me dieron la espalda por el qué dirán. Ahora sólo tengo a Nick y a mi familia, las personas que un día sentí miedo de contarles sobre mi hijo porque creí que me rechazarían.

Muchos me preguntan cómo es posible que una niña de diecisiete años esté embarazada. Y sí... es así hoy en día... niñas de hasta trece años tienen bebés. No estoy queriendo decir que eso es bueno, pues estoy consciente de que, si una niña trae un bebé al mundo, él sólo será, como se dice, su juego de muñecas. Pero ese no será mi caso cuando nazca mi hijo. Yo seré una madre; dejaré de ser una simple adolescente para convertirme en la mejor mamá para mi hijo. Y si algún día en el futuro necesita mi ayuda para resolver una situación parecida a la mía en estos momentos, yo siempre lo apoyaré sin importar lo que suceda, porque sabré perfectamente lo que se siente ser joven y sentirse asustado por la gran responsabilidad que representa esa personita especial que te llamará *mamá.*

①⑦

oy será un gran día, mis padres me han permitido hacer algo que nunca creería. ¡Me dejaron visitar a Nick!"

Estábamos en el auto camino a la ciudad en donde había vivido quizá la peor pesadilla de mi vida. Mi padre iba conduciendo; mi madre, de copiloto; yo, atrás con muchas ansias y nervios de verlo. Cuando llegamos al lugar, había una gran fila de personas esperando para entrar a visitar a sus familiares. A mí no permitieron hacerla por el embarazo, así que me dejaron entrar rápido. Ya adentro, dijeron que necesitaba pasar por un inspector de objetos de metal en caso de que quisiera ayudar a Nick a escapar (ganas no me faltaban), pero como no podía pasar por allí porque estaba embarazada, decidieron llevarme a otra habitación con dos mujeres policías para revisarme.

—¡Levántese el vestido, señora! —dijo una mientras tomaba unos guantes blancos.

—¿Quiere ver si estoy embarazada? —levanté una ceja, indignada de que creyera que mentía sobre mi embarazo, pero al final lo hice porque supuse que muchas personas habían fingido embarazos antes para transportar otras cosas a la cárcel. Cuando las mujeres se dieron cuenta de que en realidad sólo éramos mi bebé y yo intentando visitar a Nick y que llevaba una bolsa de sus sándwiches favoritos, nos dejaron pasar. Un guardia me acompañó hasta el patio donde estaban todos los presos esperando a sus familiares y debo admitir que sentí muchísimo miedo porque ese lugar era horrible: las paredes de color gris, sólo unas banquetas y mala vibra por todo lugar.

—Espere un momento, por favor —dijo el guardia luego de ayudarme a sentar en una de las banquetas.

Esperé allí sentada mientras miraba a los otros familiares conversando hasta que escuché que se abrió una puerta del otro lado, volteé y allí estaba Nick. Sonreí al mirarlo y él hizo lo mismo. Noté en ese instante que su cabello estaba mucho más largo.

—¡Hola, mi amor! —dije cuando corrí como pude para abrazarlo.

—¡Hola, amor! —dijo cuando nuestros cuerpos se juntaron para el largo abrazo.

Por fin estaba entre sus brazos de nuevo. La espera había valido completamente la pena, pues sus abrazos eran los mismos de siempre, cálidos y hermosos. Nos sentamos en la banqueta juntos y esperamos a que el guardia se alejara para poder conversar.

—¿Cómo estás, mi amor? —tomé su mano fuertemente.

—Muy bien ahora que te veo, baby —me miró—. ¡Vaya!, cómo ha crecido mi pequeño —dijo mirando mi notable barriga de embarazo.

—Sí y me dijeron que será un niño muy grande y muy fuerte —sonreí mientras lo miraba acariciar mi panza.

—Como su padre —dijo orgulloso.

Lo miré por un segundo pensando cuánto lo había extrañado, y luego reaccioné recordando que le había llevado un poco de comida.

—Cariño, te traje algo —dije mientras le acercaba una bolsa a las manos.

—¿Qué será...? —tomó la cesta y sacó los dos sándwiches—. Son mis favoritos, princesa, gracias —se acercó a mí y me abrazó.

—Sí. Nick, necesito hablar contigo —le dije un poco seria.

—¿Qué pasa, amor? —dijo mientras daba un mordisco a su sándwich.

—Quiero hablar de aquel día, ¿por qué hiciste eso?

Nick dejó de comer y me miró serio también.

—Porque quería ese osito para nuestro hijo; con sólo ver tu cara de ilusión cuando me lo pediste, me hizo querer realizar esa locura. Me encanta verte feliz, Anna, y sólo quería que te sintieras bien y olvidaras todo lo que nos había estado pasando esos días.

Noté que sus ojos se llenaban de lágrimas.

—Soy feliz, soy feliz contigo, no me importa lo material, Nick; esas cosas se dañan o simplemente desaparecen. Lo nuestro no es así porque tú y yo seguiremos siendo felices con nuestro hijo con el pasar de los años, así tengamos muchas cosas o no tengamos ninguna.

—Lo siento mucho, baby —me miró y bajó la mirada.

—No te preocupes, lo superaremos, cariño, como hemos superado todos los obstáculos que se nos han cruzado estos meses —le sonreí.

—Prometo no volver a hacerlo, nena, te lo juro —me miró de nuevo.

—Y yo te creo, mi amor. No necesitamos estar robando a otros para ser felices.

Esa tarde para mí fue perfecta, pues la pasé con él. Estuvimos sentados en esa banqueta hablando por horas y horas mientras nos abrazábamos y sonreíamos por lo mucho que nos habíamos extrañado. Le prometí que le enviaría mi lista de posibles nombres para él bebé y también que pronto le llevaría más de su comida favorita.

Cuando fue la hora de irse, lo abracé fuertemente y le dije que haría lo posible por volver a visitarlo. Esa vez no lloramos, pues estábamos ya muy seguros de que nada estaba mal entre nosotros y de que esperaríamos el tiempo necesario para estar juntos y tener una familia feliz como lo habíamos soñado. Salí y mis padres me estaban esperando en el auto.

—¿Cómo te fue, hijita? —preguntó mi madre mientras íbamos camino a casa.

—Perfecto, mamá, lo había extrañado tanto... —dije sonriendo.

—Me imagino, hija —me miró también sonriente.

—Hija —dijo mi padre mientras conducía—, tu madre y yo hemos hablado seriamente y nos gustaría que te mudaras con tu tía Mara al campo.

—¿Acaso no quieren que esté con ustedes? —dije un poco confundida.

—Claro que no, cariño, no pienses esas cosas, mi amor —dijo mi madre intentado aclararlo todo—, sólo que pensamos que deberías ir a vivir quizá por unos meses con ella, mi amor.

—Pero ¿por qué? No entiendo...

—Allá es tranquilo y aquí en la ciudad sólo tienes problemas y más problemas, quizá si vas, aclares un poco la mente y te sientas más tranquila —dijo mi madre.

—Hija, entiende, puedes irte quizá dos meses y luego volver, tu madre y yo no te estamos corriendo —dijo papá.

—No lo sé, tengo que pensarlo —dije mientras miraba por la ventana del auto.

La verdad sí me gustaría ir al campo un tiempo, como dice mi madre, allí es muy tranquilo y por fin podría conseguir la paz que he estado buscando desde hace meses. Podría sentarme en un árbol todos los días a comer una manzana mientras escribo y escucho los sonidos de la naturaleza como hacía cuando vivía en el bosque. Me gustaría mucho, pero no quiero tener a mí bebé allá. No hay hospitales cercanos, la verdad dudo hasta de que haya alguno por allá. Además, no puedo dejar a Nick, qué tal si sale de la cárcel antes de tiempo y yo no estoy allí para recibirlo y apoyarlo. No quiero que Nick se sienta solo, y caiga de nuevo en situación de calle en soledad, eso sería horrible. Como dije antes, siempre estaré con él y siempre lo vamos a esperar el bebé y yo.

Luego de dos días pensando y con mis padres presionándome, decidí ir donde mi tía, al menos por un corto tiempo para despejar la mente y olvidar tantos malos recuerdos que me llegan a la mente sobre esos tristes días en las calles. Cuando les dije a mis padres mi decisión, rápidamente acordaron con mi tía y comenzaron a ayudarme a hacer algunas maletas para salir temprano por la mañana.

—Estaban desesperados porque me fuera —dije un poco seria mientas metía mis zapatos en una de las maletas.

—Por supuesto que no, cariño, sólo queremos lo mejor para ti —respondió mi madre sonriente.

Al día siguiente, antes de irme, decidí escribirle a Nick sobre mis planes y sobre el tiempo en que estaría con mi tía.

Querido Nick:

He decidido irme por un mes a casa de mi tía en el campo. Te prometo regresar pronto para recibirte cuando salgas de ese horrible lugar, sabes perfecta-

mente que nunca tendría a nuestro pequeño bebé sin ti. Recibí tu carta ayer con el nombre que quieres para él y me parece perfecto. Ya casi debo irme, estoy esperando a que papá y mamá terminen con mis maletas.

TE AMAMOS MUCHO, no lo olvides. Te pensaré y extrañaré mucho durante este pequeño viaje.

Tu hermosa familia

Lamentablemente no me dio tiempo de ir al correo a entregar la carta, pero eso no quería decir que él no la recibiera.

Me subí al auto con mis padres y comenzamos nuestro gran viaje hacia el campo. Durante esas doce horas escuché música, comí, sentí las hermosas pataditas de mi bebé, le hablé y también dormí mucho. La verdad no entendía por qué mis padres estaban tan callados, llegué a pensar que estaban enojados conmigo.

—¿Sucede algo, mamá? —dije quitándome uno de mis audífonos del oído.

—No, amor, por supuesto que no —respondió dulcemente mientras leía una revista.

Cuando llegamos a la granja, mi tía nos estaba esperando parada en la entrada. El lugar era hermoso: animales, un hermoso río, y sobre todo muchos árboles en los que se encontraban mis recuerdos de infancia. Me encantaba jugar allí cuando era pequeña. De inmediato, al llegar, sentí la paz que estaba buscando desde hacía mucho tiempo. Llevé mi maleta a la nueva habitación y luego volví a la cocina donde estaban mis padres con mi tía.

—Bueno, cariño, nosotros nos vamos, tenemos que volver a casa y son doce horas más —dijo mi madre acercándose a mí.

—Pero ¿no pueden quedarse? Por favor, sólo un día —intenté convencer a mi padre con la mirada.

—Lo siento, hija, tengo que trabajar —se disculpó—. Bueno, nosotros nos retiramos, por favor cuida muy bien a mi hija y a mi nieto —observó a mi tía, serio.

—Adiós, querida —dijo mi madre, y luego me abrazó.

—Adiós, mami —la miré—. ¿Estás llorando?

—Un poco, es que ya sabes cómo me pongo de sentimental —dijo, y la noté un poco nerviosa.

—Está bien. ¡Espera!, ¿podría pedirte un favor? —la observé seriamente.

—Claro, hija, dime.

—¿Podrías enviarle esta carta a Nick por mí, por favor? —la saqué de mi bolsillo y se la puse en las manos.

—Claro que la enviaré, hijita —pude notar cómo las manos le temblaban.

—Mamá, ¿estás segura de que te sientes bien?

—Sí, cariño, estoy bien, no te preocupes... emm... ¿nos vamos? —volteó a ver a mi padre.

—Sí, claro, no olvides llamarnos cuando puedas, hija —me abrazó.

—Papá, aquí no hay teléfono.

—Ah, claro, lo había olvidado. Bueno, adiós, cariño, cuídate y cuida al bebé.

Mis padres se subieron al auto y se fueron, mientras yo intentaba entender cómo me acostumbraría a vivir en el campo.

Nick, si tan sólo estuvieras conmigo, todo sería perfecto.

Estos días en casa de mi tía han sido maravillosos para mí. Me siento muy feliz de estar aquí, pues ciertamente la paz del campo y la naturaleza me ayudan a sentirme mucho mejor. Lo único con lo que no me ha ayudado es con el enorme insomnio que he tenido últimamente; ese insomnio se debe a que no he podido dejar de pensar en mi querido Nick, ni he podido dejar de extrañarlo. Sólo me pregunto si estará bien; si pensará en mí o me extrañará.

Aquí me siento mucho mejor en el sentido de que nadie me juzga por ser joven y estar embarazada; nadie me observa de mala manera ni hablan a mis espaldas. Sí, sin duda me siento mucho mejor aquí.

Cuando me siento bajo mi árbol favorito a comer una manzana estoy totalmente bien, toco mi vientre y le hablo a mi bebé sobre lo mucho que me hace falta su papá, cuánto quisiera que estuviera aquí con nosotros.

Es muy triste para mí saber que aquí no hay teléfono, pues no puedo hablar con mis padres ni siquiera y eso me hace sentir un poco abandonada.

A pesar de la enorme felicidad que siento de estar aquí, también extraño el ruido de la ciudad y el ruido de las voces de mis padres, y el amor de Nick siempre que lo visitaba en aquel lugar.

Se acercaba la fecha de volver a casa y la verdad estaba muy emocionada, al llegar iría a ver a Nick y contarle lo mucho que lo había extrañado. Ya se acercaba también la fecha de mi parto y estaba muy nerviosa pero feliz porque vería a mi bebé por fin. Sabía que él mejoraría nuestras vidas.

CASA DE MIS PADRES

—¿Estás seguro de que fue buena idea, Carlos? —dijo Mariela mientras hacía el desayuno.

—Estoy más que seguro de que lo que hicimos fue lo mejor para ella —contestó mientras leía el periódico.

—Es que cuando ella se entere, no volverá a hablarnos, Carlos; además, si ese muchacho viene para acá a preguntar por ella cuando salga de la cárcel, ¿qué le vamos a decir?

—La verdad: ¡Que se fue porque se cansó de esperarlo; porque se cansó de ser infeliz a su lado!

—Ella me entregó una carta el día en que la dejamos allá, ¿crees que debería enviarla?

—¿Estás loca? Claro que no, tírala o quémala, pero no la envíes; por cierto, haz lo posible por no contestar el teléfono los miércoles, esos días los asquerosos criminales tienen permiso para llamar. Y aquí no le vamos a contestar a ese vago.

—Está bien... Carlos, ¿has pensado en el niño?, ¿en el momento en que nazca?

—Eso ya está preparado, tu hermana se encargará de toda esa parte, no te preocupes, cariño —sonrió mientras seguía leyendo su periódico.

—Sólo espero que mi niña no nos odie cuando se entere de que se quedará viviendo por allá.

—Ni tu hija ni tu hermana se enterarán nunca de la verdadera razón por la que enviamos a Anna para allá. Mariela, no te preocupes.

—Pero es que, Carlos, yo...

—¡Dije que no te preocupes!, ¿o acaso alguno de mis planes ha salido mal?

—Claro que no, cariño, tú sabes que siempre tienes razón, mi amor —sonrió mientras servía la cena.

Cuando por fin llegó el gran día de irme a casa, me desperté muy temprano a eso de las cinco de la mañana. Me bañé, me vestí y puse mi maleta en la sala para estar preparada a la llegada de mis padres. La había pasado muy bien con mi tía, me había relajado mucho, pero ya estaba cansada del campo, necesitaba volver a la ciudad.

Me puse a caminar por el gran jardín de la granja, observando los animales y el gran cielo azul mientras esperaba. Cuando por fin vi que el auto se acercaba, quise correr para saludar, pero recordé que estaba muy pesada por el bebé y que tenía los pies muy hinchados, así que caminé lentamente hasta la entrada para recibir a mis padres. Ellos se bajaron del coche y yo los abracé fuertemente, pues los había extrañado demasiado. Noté a mi padre un poco serio y eso definitivamente me preocupó.

—¿Qué sucede? —dije mirándolos.

—Ha ocurrido algo horrible, Anna —ambos me miraron con preocupación.

Entramos a la casa y me pidieron que por favor me sentara en la sala con ellos porque necesitaban hablar conmigo.

—La policía te está buscando —dijo mi padre.

—¿A mí?, ¿por qué?

—Nick llamó anoche a casa, y dijo que la policía te está buscando porque estabas con él ese día del robo y por eso eres su cómplice —dijo mi madre.

—¡Debe ser una equivocación! Necesito volver a la ciudad ahora mismo, mamá —dije tomando su mano.

—Anna, entiende, por favor, si vas, irás a la cárcel y te quitarán a tu bebé —dijo mi madre mirándome preocupada.

—Pero, mamá... Nick...

—Hija —mi padre tomó mi otra mano—, hablamos con él anoche y dijo que estaba de acuerdo en que te quedaras aquí, que era mejor así.

—Pero, papá —comencé a llorar—, ¿quién lo recibirá cuando salga de la cárcel?, ¿a dónde irá?

—Hija, te prometo que apenas Nick salga de la cárcel, lo buscaremos y traeremos para que estén juntos —dijo mi padre.

—¿En serio? —me calmé un poco.

—Sólo si prometes quedarte aquí, hija —dijo mi madre.

—¡Lo prometo! Pero, por favor, apenas Nick salga, tráiganlo, no quiero tener a mi bebé sin él.

—Te lo prometo, hija —dijo mi padre serio.

—Está bien, papá —lo abracé.

Luego de pasar la tarde juntos comiendo galletas que habían traído desde la ciudad, mis padres se despidieron dejándome nuevamente allí sola y con miedo de que mi querido Nick estuviera molesto al salir de ese lugar y no verme allí esperándolo como lo habíamos acordado. Pero igual estaría aguardándolo; no dejaría de pensarlo hasta el día en que llegara a la granja y por fin estuviéramos juntos nuevamente.

Ha pasado un mes más desde que estoy aquí, y sólo he estado acostada en mi habitación llorando. Extraño mucho a Nick, pero si él cree que estoy mejor aquí, yo le creo. También estoy en cama porque me falta poco para tener a mi bebé. Mi tía dice que en cualquier momento se *romperá la fuente* y, cuando menos lo espere, tendré a mi hijo en mis brazos. Eso me emociona mucho, he aguardado muchas semanas a mi pequeño y por fin lo tendré en mis brazos.

Me emociona saber que Nick quizá saldrá en una semana más y mi padre lo traerá para que por fin estemos juntos los tres de nuevo; eso me anima un poco, pero no dejo de llorar ni de sentirme deprimida y a veces no sé por qué, supongo que es por no recibir ninguna carta de Nick o no poder verlo cuando quiera.

El cuarto de mi bebé está listo, mis padres trajeron hace unos días todo lo que me habían regalado para él. Estoy feliz por eso porque sé que a mi niño no le va a faltar nada cuando alguna vez pensé que le faltaría todo. Lo que nunca le faltó ni le faltará es el amor que le tienen sus padres, lo más hermoso de todo lo que ha pasado estos meses es sentirlo en mi vientre moverse y patear.

Luego de unos días en reposo, decidí levantarme para ayudar un poco a mi tía con el trabajo de la granja. Le pasaba las cubetas mientras ella ordeñaba a las vacas, le di de comer a los cerdos y luego me dispuse a ir al granero para recoger los huevos que habían puesto las gallinas. Entré con una pequeña cubeta y las saludé como de costumbre; después me agaché para tomar los huevos, no eran muchos, pues cada una normalmente ponía unos dos o tres.

Estaba recogiendo los pequeños huevos cuando sentí una presión horrible en mi vientre, intenté caminar hasta afuera del granero, pero se me hizo muy difícil, pues los dolores eran cada vez más fuertes. Solté la cubeta y comencé a llamar a mi tía a gritos, no estaba tan asustada, pues sabía perfectamente lo que significaba ese dolor. Caminé arrastrando los pies hasta la entrada del granero y allí fue donde sentí ese líquido mojando mis piernas, era como si me hubiera orinado sin darme cuenta.

Al escuchar mis gritos desesperados, mi tía le ordenó al hombre que estaba cortando el césped del otro lado: "¡Rápido, ve a la casa y busca toallas y agua!". Él corrió hasta la casa, y mi tía hacia mí.

—Calma, cariño —me sostuvo—, respira, respira. Tranquila, todo saldrá bien, yo te ayudaré —dijo sosteniéndome aún.

Él volvió, puso dos toallas en el suelo y entre los dos me recostaron.

—Necesito que me ayudes —le dijo mi tía al hombre—, sostén su mano y límpiale la cara con este paño.

Él hizo lo que ella dijo, y yo estaba respirando como loca mientras intentaba soportar ese dolor tan horrible. Mi tía subió un poco mi vestido y me quitó la ropa interior, de repente sentí cómo metió su mano dentro de mí.

—Está listo —dijo mirándome—. Escucha, pequeña, cuando te diga, vas a pujar, ¿está bien?

Asentí como pude, pues ni siquiera me era posible hablar.

—Uno, dos, tres... ¡puja!

—¡Aaaaaah!

—¡Vamos, Anna, puja otra vez!

—¡Aaaaaah!

—¡Eso es, pequeña, veo la cabeza!

A la tercera vez que pujé, sentí cómo algo salía de mí completamente. Cuando me asomé un poco, pude ver que mi tía sostenía a mi niño en sus brazos.

—Aquí está tu hermoso bebé, mi amor —dijo sonriendo.

Estaba mirándola aún un poco ida cuando sentí que la vista se me tornó totalmente borrosa. Me sentía más agotada que nunca y sólo pensaba en Nick y en todo lo que pasamos, fue como si mi vida pasara por mis ojos. Escuché la voz de mi tía muy lejos diciendo:

—¿Anna?, ¡oh, Dios mío!, ¡rápido, llama a una ambulancia!

Ya no veía nada, todo era oscuridad, y de un momento a otro también dejé de escuchar todo lo que estaba a mi alrededor.

23

Siete años... siete años han pasado desde que me dieron aquella terrible noticia. Aún recuerdo cuando toqué la puerta de aquella casa para ir a buscarla y ellos me dieron la peor noticia que he podido recibir. Recuerdo mi reacción, cómo sentí que mi alma simplemente dejó de existir en ese momento.

—Anna está muerta.

—¿Y el bebé...? —pregunté con una mínima esperanza.

—No está aquí, lo tiene un familiar —dijeron sin una mínima expresión—. Él está mejor allá, tiene una familia y una casa dónde vivir y lo sabes.

Sus expresiones tan vacías y tan frías sólo me lastimaron mucho más. ¿Cómo eran capaces de darme esa noticia tan terrible cuando ella era todo para mí? Era el amor de mi vida y la madre de mi hijo. ¿Cómo me decían eso tan tranquilos? Yo simplemente no pude superarlo y cada día de ese año estuve sentado a las afueras de esa casa esperando algo que sabía que no sucedería: la esperaba a ella; esperaba que saliera con nuestro bebé para abrazarme. Pero no sucedió.

La última vez que estuve allí aguardándola a ella y a mi hijo, su madre salió como siempre a regar las plantas de enfrente, me observaba sin parar y sólo intentaba seguir haciendo lo suyo, pero luego me di cuenta de que dejó su manguera a un lado y caminó hacia donde estaba.

—Nick, debes dejar esto. Tienes que seguir con tu vida.

—No puedo. Siento que no puedo seguir así. Ya mi vida no vale nada sin ella ni mi hijo.

Mariela suspiró un momento y luego se alejó de mí sin decir ni una palabra. Cuando noté que entró nuevamente a la casa, me quedé allí sentando mirando al suelo mientras pensaba en que quizás saldría con el monstruo de su esposo para correrme o algo así. Luego de unos cinco minutos, la vi salir nuevamente de la casa y caminar hacia mí rápidamente.

—Ten esto, Nick.

Sonaba un poco asustada y miraba a todas partes como si alguien estuviera vigilándola.

—¿Qué es eso? —dije mientras recibía lo que parecía ser un papel.

Sin decir ni una palabra más, Mariela se alejó corriendo para ir nuevamente a la casa. Luego de observarla entrar tan asustada, volteé el papel para observarlo, y allí estaba él, mi hijo, la fuerza y el impulso que necesitaba para luchar y seguir adelante sólo para poder recuperarlo.

Desde ese momento tomé la decisión de volver a darle un rumbo a mi vida, porque, aunque había perdido a Anna para siempre, aún había una parte de ella andando por este mundo;

no sólo una parte suya, sino de los dos. Necesitaba encontrarlo; necesitaba hablarle de su madre, de la maravillosa persona que fue y de lo mucho que luchamos juntos antes de que naciera para poder darle una buena vida porque ambos lo amábamos, y aunque éramos muy jóvenes, estábamos emocionados por su llegada.

Primero necesitaba prepararme para poder tenerlo nuevamente conmigo, pues no podía buscarlo ahora porque no tenía absolutamente nada que darle. Primero necesitaba ser alguien en la vida y encontrar mi rumbo.

Y eso hice por ti, hijo.

Los años siguientes estuve preparándome para poder darle un gran futuro a mi hijo. Terminé la escuela (turno nocturno en Wister) y, aunque no me gradué con todos mis amigos de la juventud como quise alguna vez, hice muy buenas amistades allí, personas que por otras razones tampoco habían podido terminar la escuela pero que ahora estaban allí, como yo, buscando una segunda oportunidad para ser exitosas en la vida.

Luego de graduarme, comencé la universidad, la carrera de Derecho para ser más específico, y comencé a trabajar de mesero en un restaurante (lo cual me alegra, pues al principio, para pagar la escuela, tuve que trabajar limpiando zapatos o repartiendo volantes en las calles), y aunque no era el mejor trabajo del mundo, me ayudó a costear los estudios de mi universidad y un pequeño alquiler de un departamento en la ciudad. Todo esto lo he hecho por él, por mi hijo que día a día me ha dado la fuerza para impulsarme a seguir adelante para llegar hasta donde está y conocerlo.

Por suerte he estado hablando por correo con la madre de Anna cuando su esposo no está en casa y ella me ha dado mucha más información sobre el paradero de mi pequeño. Gracias a su información y el nombre del pueblo más cercano adonde está, hoy he emprendido el viaje para por fin conocerlo y recuperarlo.

El viaje es de un total de doce horas y yo sólo llevo cinco, así que estoy aprovechando mi tiempo en el autobús para planear qué es lo que le diré a mi hijo cuando por fin lo encuentre; cómo le diré a mi pequeño de siete años que soy su padre y fui a buscarlo luego de tanto tiempo, cuando él ya está acostumbrado a tener otra familia y quizá incluso otro papá. Estoy muy seguro de que será muy difícil de entender para él, que apenas es un niño, pero tengo muchas esperanzas de que me acepte en su vida, pues no pasé tanto tiempo en la cárcel imaginándolo y tantas horas limpiando zapatos como para no estar por fin con él.

Desde que murió Anna, no he pensado ni querido a nadie más, ni siquiera me he acercado a una mujer en todo este tiempo. A veces algunas me buscan conversación o algún tipo de contacto, pero yo me comporto totalmente frío con ellas, pues aún no olvido a Anna y sigo seguro de que ella fue y siempre será mi único amor.

Aun cuando estoy solo, lloro descontroladamente su inesperada partida, no entiendo cómo pudo irse cuando teníamos tantos sueños planeados; cuando habíamos esperado tanto para poder ver a nuestro pequeño hijo; cuando pensamos que todo nuestro sufrimiento había acabado y podríamos ser felices por fin... quisiera poder entenderlo, pero no puedo. A veces quisiera escribirle una carta o llevar flores a su tumba, pero sus padres dijeron que sus cenizas fueron lanzadas al mar, y hasta he pensado en lanzarme al océano y recoger sus cenizas una por una para así tenerla siempre conmigo. Sé que estoy prácticamente loco, pero haría todo por tirarme al agua y volverme cenizas para unirnos para toda la eternidad en las profundas y eternas aguas marinas.

Llegué al pueblo luego de muchas horas. Al bajarme del camión, lo primero que pensé fue: *Ahora, ¿qué hago?, ¿a dónde voy?*

Ni siquiera sabía dónde se encontraba mi hijo, pues la madre de Anna sólo me dijo el nombre del pueblo y también el nombre de la mujer que lo tenía, así que tomé mi maleta y comencé a preguntar a las personas si conocían a esa mujer porque yo necesitaba hablar con ella.

Debido a todo ese tiempo que estuve en la calle, aprendí a mirar bien a las personas con las que podía hablar, sabía quiénes iban muy apurados y los que ni siquiera se tomarían un segundo para hablarme, eso se notaba en sus caras. Así que preguntaba a los que se veían más humildes, pues ellos no mienten ni tratan mal porque no tienen maldad en su corazón.

Luego de preguntar por un buen rato, me dirigí a un hombre que estaba sentando en el suelo pidiendo limosna. Tendría como unos cincuenta años o un poco más. Me acerqué y me agaché para hablarle.

—Hola, amigo —dije sonriendo.

—Hola —dijo él mirándome.

—¿De casualidad conoces a la señora Mara?

—¡Sí!, viene al pueblo a vender huevos y leche a las tiendas. Algunas veces viene con su niño —sonrió.

—Ah. Una de las personas con las que hablé hace un rato me dio esta dirección, ¿me podrías decir si es la correcta? —dije, y luego comencé a leer el papel.

—Sigues derecho por allá —señaló—. La casa amarilla grande, esa es.

—Gracias, amigo —tomé su mano y la estreché—, no tengo mucho dinero, pero —tomé mi maleta y saqué dos camisas y una bolsa con comida—... toma, este era mi almuerzo. No te preocupes, cuando llegue a la casa de la señora comeré algo.

El hombre me agradeció con una gran sonrisa y yo me levanté despidiéndome para seguir mi camino.

Luego de casi media hora caminando, lo único que veía eran animales y árboles. Estaba a un paso de irme y seguir buscando, pero cuando vi la casa amarilla, sonreí, pues comprobé que no me había fallado. En sus ojos observé sinceridad al ayudarme.

Caminé rápidamente hasta la puerta del lugar y comencé a gritar para que alguien saliera.

—¿Hola?, ¿hola?

Grité unas cuantas veces más, pero nadie salió; pensé en irme, pero no había hecho todo ese viaje para nada, así que seguí llamando.

—Hola, ¿hay alguien?

Escuché cómo de la parte de atrás de la casa venían pasos, así que me quedé allí parado esperando. Vi a un niño caminar desde el patio hasta donde estaba yo; un niño de cabello claro y ojos marrones, pequeño y sonriente, pero había un problema: una de sus piernas no estaba bien, estaba un poco torcida, así que cojeaba.

—¡Hola! —dijo el niño sonriente.

—Hola, pequeño —dije nervioso, pues sabía que quizás podría ser él.

—¿Está tu mamá por aquí?

—No, mami no está, pero está mi tía.

—Bueno, entonces me gustaría hablar con tu tía, ¿está bien?

—¡Pasa! —se acercó hasta la puerta y comenzó a abrirla.

—¿Cómo te llamas? —le pregunté mirándolo.

—Mi nombre es Kevin —sonrió.

En ese momento recordé aquel día en que estaba en la cárcel acostado en ese intento de cama, a eso de la una de la mañana, mirando los posibles nombres para mi hijo en ese papel, cuando leí ese. Me puse feliz de inmediato. Kevin... ese sería el nombre de mi pequeño.

Sonreí un poco mientras el niño me dejaba entrar a su hogar.

—¿Cuál es tu nombre? —preguntó.

—Soy Nickolas, pero tú puedes decirme Nick —sonreí.

—Está bien, Nick —también sonrió y luego tomó mi mano. Sentí felicidad y ganas de llorar al mismo tiempo.

—Vamos, te voy a llevar con mi tía —comenzó a jalarme.

Entramos a la casa y el pequeño me ofreció sentarme mientras llamaba a la mujer.

Me senté y mientras él caminaba con dificultad hasta el otro lado de la casa, yo observaba su pierna, pues cojeaba, entonces pensé: *Cuando te saque de aquí, pagaré para que te ayuden, hijo mío... no tendrás que sufrir más al caminar con esa pierna, lo prometo.* Esperé unos minutos y luego noté cómo una señora se acercaba hasta donde estaba sentado. Era una mujer de unos cincuenta y tantos con cabello corto, ya casi de color blanco, y de estatura media.

—Buenas tardes, señora Mara —me levanté para darle la mano—. Soy Nickolas.

—Ya le atiendo, déjeme sentarme —tomó asiento lentamente, ya que se notaba que tenía problemas en la espalda.

Esperé y luego el niño entró en la habitación y se sentó a un lado de su tía.

—Ya estoy sentada por fin —sonrió—. Ahora, cuénteme qué desea.

—Vine por mi hijo —le dije serio.

La mujer cambió totalmente su expresión. La curva de sus labios se transformó en una línea.

—Kevin, por favor ve a alimentar a las gallinas —le dijo seria, y el niño se fue rápidamente como pudo.

—¿Está loco? Primero, ¿quién es usted? ¡Aquí no hay ningún hijo suyo!

—Claro que sí. ¡Kevin es mi hijo! Soy yo; soy Nick, señora, el padre del niño —dije subiendo un poco la voz mientras ella palidecía.

—¡Tú no tienes nada que hacer aquí!, tú los dejaste. Abandonaste a mi sobrina cuando más te necesitaba, ¿y ahora pretendes volver como si nada a querer jugar al padre responsable?

—¡Yo nunca abandoné a Anna! Sí estaba en una cárcel lejos de ella, pero siempre estuve atento a lo que le pasaba y, sobre todo, atento a su embarazo.

—No me hagas reír, el niño es mío porque yo lo adopté cuando tú estabas en la cárcel, o crees que con sólo venir a decir: "Me llevo a mi niño", ¿será así? ¡Estás equivocado! —gritó.

—No quiero discutir con usted, señora Mara. Vine a decirle que estoy aquí, que Kevin tiene un padre que lo ama y quiere estar con él para criarlo responsablemente.

La observé y estaba roja como un tomate por la furia.

—No pienso dejar que te acerques a él. Ahora lárgate, él nunca se va a enterar de que tienes algo que ver en su vida, ¿me oíste?

—Señora, si no me deja convivir con mi hijo, tendré que recurrir a lo legal.

—Ningún juez va a aceptar que a ese niño lo críe un delincuente como tú.

—Como diga, señora.

Me levanté del sofá sin las más mínimas intenciones de seguir hablando con ella y caminé hasta el patio en donde estaba mi hijo alimentando a los animales.

—¡Oye, Kevin!

—Dime —vi que el niño salió del granero.

—Ya debo irme, amigo —me acerqué hacia él sonriente—, pero volveré pronto, ¿está bien?

—Está bien, Nick —también sonrió.

—Pero antes de irme —tomé mi maleta y saqué una caja con cuatro soldados de juguete—, quiero regalarte esto.

—¿En serio? —dijo impresionado—, nunca nadie me había regalado nada así —sonrió y tomó la caja—. Gracias, Nick.

Me abrazó y me sentí totalmente completo de nuevo. Sus abrazos me hacían sentir que mi amada Anna estaba allí entre los dos rodeándome con sus brazos también.

—¡Adiós, pequeño! —sonreí mientras me alejaba.

—¡Adiós!, ¡cuidaré a los soldaditos!

Al día siguiente, cuando regresé a la ciudad, decidí ir a denunciar el caso a las autoridades, quería saber si podían ayudarme a estar un poco más cerca de mi hijo sin que su tía me lo prohibiera, pero no hubo duda de que no me hicieron mucho caso, pues como tenía antecedentes criminales, lo único que pensaron era que tendría al niño sólo para criarlo como un delincuente.

Como noté que no estaban muy interesados en ayudarme, decidí escribir una carta explicando los motivos por los cuales fui a la cárcel y detallando mi situación económica de aquel momento, pues tenía la leve esperanza de que entendieran por qué aquel día robé ese oso de peluche para mi hijo debido a mi terrible situación de pobreza. Dejé la carta allí y un hombre me aseguró que la leería. Sólo dijo: "Leeré su escrito; si me parece un buen motivo para brindarle mi ayuda, lo llamaré, señor Miller".

Decidí ir el siguiente fin de semana al pueblo porque necesitaba pasar más tiempo con mi pequeño, quería ganarme su confianza y su amor, pues no deseaba que me odiara cuando se enterara de la verdad. No me importaba lo que pensara esa mujer ni que llamara a la policía para que me llevara. Prefería ir preso mil veces más antes que perder la oportunidad de llegar a contarle toda la verdad a mi niño.

Me haré su amigo y luego se lo diré con mucha calma, no quiero que mi Kevin se asuste. Sólo es un niño y no merece nada de lo que le está pasando; no merece no tener una maravillosa madre como lo hubiera sido mi Anna; no merece estar en ese lugar trabajando para poder ganarse la comida cuando sólo tiene siete años; no merece ese problema que tiene en su pierna, el cual hace que le cueste caminar y, sobre todo, no merece no tenerme a mí, que soy su padre y estoy para apoyarlo siempre.

A pesar de que su madre ya no esté, aún hay alguien que lo ama y soy yo. Es mi hijo y a pesar de que no estuve con él los primeros años de su vida, sí estuve cuando estaba creciendo en el vientre de Anna, y siempre lo cuidé y protegí como pude y ahora no es justo que no quieran permitirme estar con él.

Apenas llegó el fin de semana, hice mis maletas para irme directo a la central de autobuses y emprender mi viaje nuevamente al pueblo en donde estaba mi hijo. Cuando llegué al lugar, luego de unas horas, fui directo hasta un pequeño hotel; lo descubrí gracias a uno de los habitantes del pueblo, y aunque no era la gran cosa, era suficiente para estar cómodo en una pequeña cama para dormir. Alquilé la habitación para sábado y domingo, y luego me fui directo a la casa de la bruja... digo, la señora Mara. Al llegar al lugar, noté que mi hijo estaba sentado en la puerta de la casa.

—¡Hola, Nick! —gritó y luego corrió como pudo a abrirme la reja.

—¡Hola, Kevin! —dije contento esperando a que abriera la puerta para abrazarlo—. ¿Qué hacías allí sentado? —le pregunté cuando lo abracé.

—Estaba esperándote. He estado estos días esperándote, tú dijiste que volverías —sonrió.

—Y lo hice, pequeño —sonreí también y le di una bolsa—. Te traje algo.

—Gracias, Nick —dijo feliz y luego comenzó a revisar la bolsa—. ¡Es una pelota! —me miró sorprendido.

—Sí, de futbol —le acaricié la cabeza—. ¿Y tu tía?

—No está en casa. Ella vuelve en la tarde.

—¿Hasta la tarde? —lo miré sorprendido—. ¿Te dejan solo casi todo el día?

—Así es.

Sonreí mientras aún lo miraba, pero la verdad estaba muy molesto. Ese niño solo casi todo el día en esa gran casa... cualquiera podía entrar y hacerle daño, pues se notaba que Kevin no conocía la maldad y dejaba pasar a todo el mundo.

—Emmm... Kevin, ¿quieres jugar futbol? —le pregunté.

—No puedo, Nick —dijo decepcionado mirando su pierna—. Los demás niños se cansan de jugar conmigo porque corro muy lento.

—Yo también corro muy lento, Kevin —lo miré sonriendo—. Ven, vamos a jugar.

Tomé la pelota y luego su mano. Muchas veces soñé con este momento: jugar con mi hijo y escucharlo reír. Verlo feliz me hizo feliz también. Jugamos futbol un rato y luego Kevin me invitó a la sala a mirar su programa favorito. Mientras él veía la televisión, yo fui hasta la cocina y le hice un sándwich, y mientras se lo llevaba, pensaba que así de maravilloso sería cuando viviera con él en la ciudad.

Le llevé su sándwich y me senté a su lado a ver televisión por un rato; mi plan era quedarme allí hasta que llegara la tía de Kevin. A eso de las cuatro de la tarde escuché los perros ladrar.

—¡YA LLEGÓ! —gritó Kevin emocionado—. Tiene que verla, Nick —se levantó, me tomó del brazo y comenzó a jalarme—. ¡Ven rápido! —decía con entusiasmo.

—Voy, amigo —dije mientras me levantaba del suelo para seguirlo—. Vaya que estás contento, pequeño —le sonreí.

—¡Sí, ven, ven conmigo! —me tomó la mano esta vez y volvió a jalarme.

Comenzamos a caminar por la casa hasta la puerta principal. Cuando por fin llegamos, comencé a buscar, pero no veía a nadie.

—¿Y dónde está? —dije mirando a Kevin confundido.

—No lo sé —dijo un poco triste.

Nos quedamos en silencio unos cuantos segundos hasta que noté que los arbustos comenzaron a moverse.

—¡BUUUUUUU! —escuché y salté un poco del susto.

— ¡Mami, mami! —decía el niño mientras corría hasta ella.

Cuando oí el primer llamado de su madre, me quedé pasmado completamente, apreté los puños y ni siquiera subí la mirada. No sabía qué pensar, no podía ser mi Anna, pero tampoco me cabía la idea de que mi hijo le dijera *mamá* a otra persona que no fuera ella. Seguía allí mirando al suelo mientras escuchaba a Kevin reír.

—Disculpe, ¿se le ofrece algo? —escuché la voz de ella cuando se acercó.

—¡Es mi amigo Nick, mami! —dijo Kevin.

—¿Ni... Nick? —noté que pronunció mi nombre un poco nerviosa.

—Hola —levanté la mirada para verla fijamente.

Y sí, ¡era ella, mi Anna! Tanto tiempo pensando que no volvería a verla y estaba sucediendo en ese preciso momento: Anna estaba allí con nuestro hijo en brazos y yo me sentía como en un sueño. Lo único que pude hacer en ese instante fue mirarlos mientras mis ojos se llenaban de lágrimas. Ella me miró sorprendida al principio, pero luego pude notar su cara de disgusto.

—Nickolas, ¿qué haces aquí?! —dijo seria.

—¡Mi Anna! —me acerqué hasta ellos y los abracé—. ¿Estás bien, mi amor? —pregunté entre llanto mientras sonreía.

—Lo estoy, Nick —dijo intentando separarse de mí—. Ahora dime qué haces aquí, por favor. ¿Qué quieres? —dijo seria.

—Mi amor, no puedo creer que estés bien —dije mientras tomaba su cara.

—Kevin, por favor entra a la casa un momento —bajó a mi hijo y él se fue de inmediato.

—¡Cómo te atreves a aparecerte por aquí, Nickolas! —me gritó, y noté cómo sus ojos se llenaban de lágrimas.

—¡Quería ver a mi hijo!, ¡quería verte...! —dije confundido—. Mi amor, estás bien... baby —dije, y luego la abracé fuertemente.

—¡No me toques! —gritó mientras se alejaba de mí.

—Pero ¿qué sucede, Anna? Por favor, ¿acaso no te alegras de verme? —dije un poco disgustado y confundido.

—¿Cómo crees que me voy a alegrar de verte? Luego de siete años Nick... ¿regresas como si nada a *vernos*, según tú? —reclamó enojada.

—¿Pero de qué hablas, Anna?, ¡siempre estuve buscándolos! —dije intentando tomar sus manos.

—¡Eres un mentiroso! —dijo gritando—. ¡Te esperé!, ¡siempre te esperé!, y tú sólo te fuiste, ¡como un padre irresponsable! —de sus ojos comenzaron a brotar lágrimas.

—Mami, ¿todo está bien? —escuchamos la voz de Kevin y ambos volteamos a verlo—. ¿Por qué estás gritando, mami?

—Sí, mi amor, todo está bien —dijo mientras se secaba las lágrimas—. Dame un segundo, mi príncipe, ya voy a atenderte, porque el señor ya se va —me miró seria.

—Adiós, Nick —dijo mi pequeño, y luego volvió hasta la casa.

Anna caminó rápidamente hacia la puerta mientras aún secaba sus lágrimas.

—Por favor... —señaló la salida mientras abría la puerta.

—Anna, escúchame, te lo ruego —dije acercándome a ella.

—Nick, ahora estoy muy... no lo sé, sólo no quiero hablar. Vuelve cuando esté más tranquila, pero ahora no puedo con esto —dijo, y luego miró al suelo.

Caminé hasta la salida y la miré.

—¡Volveré, los amo a los dos! —grité, seguro de lo que estaba diciendo, y luego me fui totalmente convencido de que al día siguiente volvería a intentarlo.

Al día siguiente, desperté y me arreglé para ir a visitar a mi familia. Aún no puedo entender por qué ella no se alegró al verme. Si pudiera comprender cuánto la extrañé todo este tiempo; cuánto lloré pensando que jamás volvería a verla; cuánto soñé volver a abrazarla. Siempre pensaba que el día en que yo muriera, mis cenizas serían lanzadas al mismo mar donde creí que estaban las de ella, para así nadar juntos por el océano en la eternidad. Pero ahora que sé que está con vida, pretendo recuperarla; recuperarla a ella y a mi hijo también y hacerlos felices por siempre.

Salí del hotel para ver Anna y al niño. Cuando por fin llegué, me paré en la puerta para ver si alguno de los dos me dejaba pasar.

—¿Hola? —comencé a gritar para que me abrieran.

Luego de unos minutos llamando a la puerta, salió Mara.

—Regresa por donde viniste, ellos se fueron de aquí esta mañana —dijo seria.

—¿Cómo que se fueron de aquí? —dije alterado.

—¡Sí!, ¡ahora lárgate! —dijo la mujer mientras caminaba de regreso.

Cuando me volteé para regresar al hotel simplemente a pensar en qué haría, escuché la hermosa voz de ella, de mi Anna.

—Tía, por favor, ya tengo veinticuatro años, así que déjame resolver mis problemas sola —la vi hablando con Mara mientras salía hasta donde yo estaba.

—Nick, por favor, vuelve —dijo mirándome y temblando un poco.

—Anna... —me acerqué a ella y rápidamente la abracé.

—Nick, por favor —se separó de mí—... tenemos que hablar, ven —dijo, y comenzó a caminar para entrar a la casa.

Cuando entré, rápidamente me di de cuenta de que la tía me miraba con disgusto, y la verdad ella tampoco me agradaba mucho, así que también la vi como se merecía. Fuimos hasta la sala, y al entrar vi a mi pequeño Kevin sentado en el suelo jugando con los soldaditos que le había regalado.

—¡Hola, pequeño! —lo saludé contento y me acerqué para abrazarlo.

—¡Hola, Nick! —también se alegró de verme.

Anna se sentó en el sofá y me miró mientras me esperaba. Luego de saludar a mi hijo fui hasta donde estaba ella y me senté a su lado.

—Bueno, hablemos entonces...

—Hablemos —dijo ella mientras me miraba seria.

—Cuando salí de la cárcel, sólo pensé en ir a buscarlos para ser felices, como te lo había prometido —dije.

Se veía nerviosa, y aunque intentaba mantenerse seria, notaba en sus ojos que estaba a punto de llorar.

—¿Por qué me mientes? —se alteró—. ¡Tú nos dejaste cuando más te necesitábamos, Nick!

—¡¡Yo nunca me fui, Anna!! —dije intentando calmarla cuando en realidad también estaba alterado—. ¡Los busqué!, ¡los busqué incansablemente!, ¡fui a casa de tus padres y ellos me dijeron que habías muerto!

—¿Qué...?, ¡cómo te atreves a decir eso!, ¡mis padres nunca harían eso! —dijo molesta.

—¡Pues lo hicieron! Me mintieron, Anna, ¡lo hicieron porque me odian!

—Quizá no les caías bien, pero ¿llegar a ese punto?, ¡ellos no están locos!

—¿Por qué no me crees? Soy yo, Anna, tu Nick, el amor de tu vida, ¡el padre de tu hijo!

—Kevin no tiene padre —dijo seria.

—Lo tiene. ¡Y soy yo!

—Sólo... vuelve por donde viniste, no me lo hagas más difícil, por favor.

—Anna —tomé su mano—, ¿acaso ya no me amas?

—¿Sabes cuántas noches lloré por ti?, ¿cuánto me ha costado todo este tiempo estar bien casi por completo? Y ahora vuelves y pretendes dañarme de nuevo.

—Por favor, no digas eso.

—Es la verdad... así que te agradecería que te fueras y no volvieras más, por favor.

—Por favor, Anna... —supliqué al mismo tiempo que los ojos se me llenaban de lágrimas.

—No. Lo siento, Nick —dijo, y luego se levantó del sofá—. Por favor, vete —me dio la espalda.

—Si eso quieres, lo haré, pero volveré; volveré todos los fines de semana y estaré aquí hasta que te des cuenta de que de verdad los amo a los dos.

Ella no volteó ni un segundo para verme cuando yo salía por la puerta totalmente destrozado. Luego de abandonar ese lugar, me dispuse a volver al hotel para quedarme una noche más, pero al llegar allí cambié de opinión y decidí regresar a la ciudad. Cuando iba en el camión camino a casa, no podía dejar de pensar.

Quizás si aquel día no hubiera robado ese oso de peluche, ella y yo aún estaríamos juntos; juntos con nuestro hijo como siempre lo quisimos cuando estaba embarazada. Quisiera entender a Anna al defender a sus padres, porque la mentira que me dijeron sería lo peor que alguien podría hacer, pero a veces las personas más cercanas son las que más hacen daño. Yo lo sé perfectamente, pues cuando estaba totalmente destrozado por la supuesta muerte de Anna y la pérdida de mi hijo, recurrí a mi familia para no sentirme tan solo, pero me dio la espalda y me llamó *criminal*. Yo intenté explicarles a mis padres todas las dificultades que Anna y yo habíamos pasado en las calles, pero me dijeron que ese era nuestro problema y que me alejara de lo que alguna vez fue mi hogar o si no, llamarían a la policía. Ese día entendí que las personas que alguna vez amé y respeté me habían olvidado como si fuera un objeto que se tira a la basura.

Aunque Anna no me crea, yo estoy dispuesto a hacerla entender que nunca los abandoné; que nunca les mentí y que siempre los busqué. Día a día le demostraré que sigo siendo ese mismo Nick que siempre la apoyó cuando estábamos en una situación crítica; ese mismo Nick que de sol a sol trabajaba en un supermercado de bolsero para poder darle de comer a su familia; ese mismo Nick que la miraba escribir en su pequeño cuaderno casi todas las noches... el Nick que la ama.

29

iete años han pasado desde aquel momento en que desperté en la clínica. No era la gran cosa, sólo un pequeño sanatorio con tres enfermeras y un doctor. Miré hacia todos lados desesperadamente buscando lo que ya se imaginan... a mi pequeño hijo.

Al no ver por ninguna parte a mi bebé, comencé a gritar.

—¡Mi hijo!, ¿dónde está mi niño?

Gritaba y temblaba esperando a que alguien apareciera con él en sus brazos y me mostrara que estaba sano y salvo.

—Calma, cariño —escuché una voz familiar al otro lado de la habitación.

—¿Mamá?, mamá, ¿qué haces aquí? —la vi con sorpresa—. ¿Y mi bebé?

—Tranquila, Anna —se sentó a mi lado y me abrazó—, el bebé está bien, lo están revisando —sonrió al mirarme—. Es muy hermoso.

—Quiero verlo, mamá, por favor.

Yo miraba a mi madre intentando convencerla de que me ayudara a ir a ver al bebé, cuando mi padre y una enfermera entraron a la pequeña habitación; ella sostenía en sus brazos un bultito envuelto con una manta blanca.

—¿Estás lista para verlo? —preguntó la enfermera mientras se acercaba a mí.

No respondí porque mi vista estaba totalmente concentrada en lo que sostenía. Cuando ella por fin se acercó hasta mí, me lo entregó con mucho cuidado en los brazos. Y allí estaba... lo que tanto había esperado por nueve meses: mi pequeño e indefenso bebé mirándome con esos ojitos. Tanto trabajo, tanto dolor y haber renunciado a vivir mi adolescencia había valido la pena, eso supe apenas lo vi mirarme haciéndome saber que me amaría siempre, y yo lo amaría y cuidaría también hasta el fin de mis días... hijo mío. En ese hospital estaba con la nueva mayor razón de mi felicidad, mirándolo y sonriéndole, cuando la enfermera me preguntó lo que había estado esperando desde hacía mucho tiempo.

—¿Cómo se llamará el niño? —preguntó, y mi familia volteó a verme.

—Kevin, Kevin Nickolas —sonreí, y luego pude notar que mi padre salía de la habitación rápidamente un poco disgustado.

La enfermera terminó de escribir el nombre del bebé en su libreta y luego se alejó.

—¿Mamá?, ¿qué le sucede a papá? —dije confundida.

—Sólo está cansado por el viaje, cariño, fue todo muy repentino —dijo mi madre mientras miraba a su nieto.

—¿Y cuándo podré irme de aquí?

—Si tenemos suerte, quizás esta misma tarde —sonrió.

—Que emoción, ya quiero que tu papá venga y te vea, mi Kevin —sonreí mientras miraba a mi bebé—. ¿Y no has sabido nada de Nick, mamá?

—No, hija. Hasta ahora no hemos tenido ninguna noticia de él.

—La última vez que hablamos me dijo que quizá lo dejarían ir antes por buen comportamiento —sonreí.

—¿Cómo que hablaron?, ¿cuándo? —me miró seria.

—Unos días antes de saber que me vendría a vivir aquí.

—Aaah... está bien, hija, saldré un momento a ver a tu padre, ¿está bien?

—Yo voy a alimentar a mi niño —dije mientras me acomodaba para darle de comer.

—Está bien, cariño —me miró sonriente y luego salió de la habitación.

—Eres tan parecido a tu papá —le dije a mi bebé mientras sonreía—... mírate, tienes su nariz.

Mi pequeño era hermoso y muy tranquilo, todo un angelito recién nacido. Sólo me observaba con esos ojitos mientras yo lo alimentaba. Sus manitas eran perfección; su carita, mi felicidad.

Mientras, mis padres hablaban afuera de la habitación.

—Carlos, ¿por qué te pusiste así?, Anna se preocupó —se le acercó.

—No puedo creer que aun cuando la separamos de ése... ese delincuente, ¡sea capaz de ponerle su nombre a mi nieto!

—Calma, cariño —lo abrazó—. Cuando le digamos lo que tenemos planeado, lo olvidará.

—Suéltame. Sabes que no me gusta que me abraces en público, Mariela —la empujó—. ¿Cuándo le vamos a decir a Anna lo que hablamos?

—Por ahora no, cariño, recién dio a luz, así que tenemos que esperar a que esté en la casa de mi hermana, más calmada.

—Tú se lo dirás, no pienso estar lidiando con lágrimas tontas de adolescentes. Sólo quiero que olvide a ese tipo.

—Lo haré, cariño, no te preocupes, que todo será como lo has pedido.

—Espero que sea así, no pienso arriesgarme a que mi hija y mi nieto estén de nuevo pasando penurias por culpa de ese maldito que es lo peor que le ha pasado en la vida a Anna.

—Ya, amor, no te preocupes —lo abrazó.

—¡Dios! —la empujó—. ¡Te dije que no quiero que me abraces, Mariela!

—Lo siento mucho, cariño —miró al suelo, triste.

—¡Sólo anda y ocúpate de tu hija, no vaya a ser que consiga un teléfono para llamar al tipo ése!, ¡muévete, ve! ¡¡¡VE!!!

—Sí, mi amor, voy.

Rápidamente mi madre volvió a la habitación.

—Cariño, ¿ya alimentaste al bebé? —preguntó mi madre al entrar.

—Sí, mamá, ya le di de comer y ahora la enfermera acaba de llevárselo.

Pasadas dos semanas desde que di a luz a mi niño, estaba acostada en mi cama mientras lo miraba dormir. No hay nada más hermoso en el mundo que mirar a un bebé dormido, esa inocencia y tranquilidad combinadas con ternura son únicas, y mucho más si es tu bebé; si salió de tu vientre luego de nueve meses creciendo allí.

—¿Anna? —vi a mi madre entrado a mi habitación.

—Hola, mamá —dije cuando la miré, y luego sonreí.

—¿Cómo se está portando mi nietecito? —preguntó mientras se sentaba a un lado de la cama.

—Muy bien —sonreí—, duerme mucho y come mucho también.

—Te hace muy feliz, ¿verdad? —dijo mi madre con una expresión ahora totalmente seria.

—Me hace la mujer más feliz del mundo. Él y Nick me hacen la persona más feliz del mundo.

—Hija —se acercó a mí—... tenemos que hablar sobre Nick —tocó mi hombro.

—¿Qué sucede, mamá?, ¿Nick está bien?, ¿qué le pasó?, ¿está bien? —dije asustada, pues sabía que serían malas noticias.

—No te lo habíamos dicho porque estabas muy delicada, cariño —dijo mi madre.

—¡Dime qué pasa! —dije casi gritando.

—Bueno, Nick salió de la cárcel ya hace unas cuantas semanas.

—¿Salió?, pero, mamá, si saben que salió, ¿por qué no lo trajeron? —dije sorprendida.

—Porque él huyó luego de decirnos que ya no te quería.

—¿Que ya no me quería? —dije incrédula—, ¿estás loca, mamá? —sonreí un poco—. Buena broma, ¿dónde está mi novio?

—Mi niña, quisiera estar mintiendo —noté que se le escapó una lágrima—. Nick escapó luego de salir de la cárcel y cuando fuimos a buscarlo, sólo había dejado una carta, aquí está.

—Dame eso —se la quité enojada, pues ese juego de mi madre ya me estaba disgustando.

Anna:

Mañana saldré de esta maldita cárcel y lamento decirte que no me iré con tus padres a vivir contigo. Lo siento mucho, Anna, pero la verdad no estoy preparado para ser padre, nunca lo estuve. La verdad, me di de cuenta de que quiero volver con mi familia y ser sólo un joven de diecinueve años sin responsabilidades. No quiero hacerte sentir mal, pero la verdad es que fui muy infeliz cuando tú y ese niño me arrastraron a la gran miseria y pobreza en la que vivíamos. Estando en la cárcel me di cuenta de que hasta estar aquí era mucho mejor que vivir contigo y pasar penurias. Espero cuides bien a tu hijo. Te amo y te quise alguna vez.

Nickolas

Aún recuerdo lo que sentí, ese llanto que soltaba mi alma, los gritos que daba dentro de mí mientras por fuera sólo me llenaba de lágrimas. También recuerdo que cuando terminé de leer esa carta, los alaridos que daba en mis adentros salieron de mi cuerpo. Gritaba su nombre como si esperara que él apareciera para abrazarme; gritaba y lloraba mientras sentía los brazos de mi madre y la escuchaba decirme: "Saldrás adelante, cariño, todo estará bien".

Aún recuerdo perfectamente aquellos días; esos días en los que lloraba sin parar y no podía ni siquiera cuidar de mi bebé, estaba tan deprimida que sólo me encargaba de sus necesidades, mas ni siquiera hablaba con él. Dejé de comer por un tiempo y me la pasaba acostada día y noche, la única manera de que me levantara era cuando Kevin lloraba por hambre o porque tenía sucio el pañal. Sólo pensaba en Nick y lloraba preguntándome ¿por qué? Pensé que éramos felices, la última vez que lo visité vi tanto amor en sus ojos que no pensé ni por un segundo que se sintiera tan infeliz por nuestra situación. A veces me imaginaba que él llegaba hasta aquí y me decía que todo había sido una confusión, pero eso nunca sucedió.

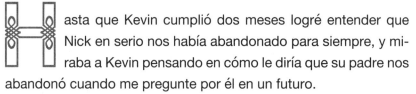asta que Kevin cumplió dos meses logré entender que Nick en serio nos había abandonado para siempre, y miraba a Kevin pensando en cómo le diría que su padre nos abandonó cuando me pregunte por él en un futuro.

Debo decir que no fue fácil para mí superar a Nick, pero la sonrisa de mi niño mientras iba creciendo y ese enorme amor que me daba y sigue dando día a día me han ayudado a sanar mi herida porque he comprendido que no hay amor más puro y fuerte que el de un hijo por su madre y el de una madre por su hijo. La verdad, luego de todo el tiempo que pasó y todas las heridas que me dejó la partida de Nick, creí haberlo superado. Pensé poder seguir con mi día a día sin pensar en él, pero no.

Tengo un trabajo para distraerme, ayudar a mi tía con la casa y, por supuesto, comprarle cosas a Kevin. Es en un pequeño café internet del pueblo, no es la gran cosa, sólo hay como cuatro computadoras y la mayoría del tiempo tengo que enseñar a las personas a navegar con la lenta conexión que nos proporciona una pequeña antena lejos de aquí.

Luego de un largo día en mi trabajo, decidí volver a casa temprano porque sabía que mi niño estaba solo y eso me preocupaba mucho. Camino a casa compré un litro de jugo para él, y seguí mi camino. Mi intención era asustar a mi pequeño y hacerle muchas cosquillas, pero cuando lo hice, me llevé la sorpresa de que había un hombre con él, y ese hombre estaba dentro de nuestra casa. Pensé en golpearlo al instante con mi bolso y luego correr con mi hijo lejos de allí, pero cuando él volteo a verme... esos ojos, su nariz, la expresión de su cara me hicieron reconocerlo, el hombre por el cual había llorado siete años por su repentino abandono estaba frente a mí en ese preciso momento.

Él comenzó a llorar y a decirme: "¡Estás viva, Anna!", y yo me molestaba más. Ahora me vendrá con una excusa tonta para que no me enoje ni le diga nada. Casi le grito un gran: "¡VETE AL MALDITO DEMONIO!", pero mi hijo estaba allí presenciando todo lo que estábamos diciendo, no iba a hacer que me viera como a una vulgar por culpa de ese hombre, la verdad ni siquiera valía la pena discutir, pues él sabía perfectamente lo que había hecho.

Durante este mes me he dado cuenta de que Nick viene todos los fines de semana, también sé que se está quedando en un hotel en el pueblo. Había pensado seriamente en gritarle que se fuera cuando lo vi ayer en la puerta de la granja, pero mi hijo corrió a abrazarlo rápidamente y no pude hacerlo. La única razón por la que lo dejo estar aquí es porque desde que apareció en nuestras vidas, Kevin no deja de hablar de él ni un segundo. Dice que Nick es muy bueno, que cuando sea grande quiere ser como él, que es su mejor amigo en todo el mundo; cosas de niños, y yo no le puedo negar esa amistad, pues es la única que ha tenido prácticamente.

La corta vida de mi pequeño no ha sido nada fácil, pues hace dos años, cuando su tía salió a vender leche al pueblo y yo me fui a trabajar, Kevin se cayó de un caballo y resultó gravemente herido de una pierna. Logramos ponerle yeso, pero nunca mejoró del todo. Siempre contacto con mis padres con la idea de que se lleven a Kevin a la ciudad, allá quizá lo ayuden más porque tienen más recursos, pero siempre me dicen que si se lo llevan a la ciudad, tendrá que quedarse dos meses con ellos y yo no puedo ir, y sé que suena egoísta, pero me da miedo que a mi hijo le guste por allá y no quiera volver más conmigo.

Él es la persona más importante de mi vida ahora. Siempre he pensado que no me importaría quedarme toda la vida sola siempre y cuando esté cuidando de mi pequeño hijo hasta que crezca y tenga su propia familia. Mi intención es hacerlo un gran hombre, hacer de Kevin ese Nick que yo pensé que existía cuando tenía diecisiete años y estaba embarazada pidiendo monedas en una plaza de la ciudad.

Estaba sentada en el césped, justamente bajo el árbol donde siempre me sentaba cuando estaba embarazada, a diferencia de que ahora mi pequeño bebé de siete años estaba acostado en mis piernas con sus ojitos cerrados mientras yo le contaba una historia.

—Y entonces el niño tomó su balón y fue a jugar futbol con su mamá, su tía y sus abuelitos —dije sonriendo mientras acariciaba su cabello.

—¿Y el niño tenía un papá, mami? —abrió sus pequeños ojitos y me miró.

Me quedé en silencio unos segundos y luego también lo miré.

—¿Quieres que el niño tenga papá?

—Sí, mami —sonrió—, así pueden jugar futbol y su papá puede cargarlo y jugar a los superhéroes —sonrió.

—Bueno, bueno, entonces su papá también salió a jugar con él a la pelota —lo miré sonriente.

—Mami —me miró serio—, ¿yo no tengo papá? —preguntó curioso.

Me quedé callada. La verdad no había pensado en que este momento llegaría; bueno, sí, pero no tan pronto.

—Sí, mi amor —lo miré sonriente—, tú tienes un papá como todos los niños.

—¿Y entonces por qué no vive aquí con nosotros?

—Porque... eemm... tu papá...

—¿Es un superhéroe? —interrumpió.

—Eh... sí, tu papá es un superhéroe, y los superhéroes están muy ocupados siempre y por eso nunca están en casa, mi niño.

—¡Está luchando contra el crimen! —gritó.

—¡Jajaja, de dónde sacas esas palabras, Kevin! —le hice un poco de cosquillas.

—De la tele, mami —me sonrió.

—¿Me regalas un abrazo?

Kevin se levantó de donde estaba acostado y me abrazó. Esos bracitos rodeando mi cuello eran la felicidad de mi vida. Mientras aún estaba allí con mi pequeño conversando, pude notar que desde lejos venía una persona, llevaba una enorme bolsa y una gorra, y la verdad se veía muy cansada.

—¡Es Nick, mami! —escuché gritar a mi niño emocionado.

Se levantó de donde estábamos e intentó correr hasta donde estaba su padre.

—Hijo, te vas a lastimar, espera a que él llegue hasta aquí —dije levantándome preocupada.

Noté cuando Nick miró esta vez un poco más cerca lo que pretendía hacer el niño.

—¡Kevin, espérame allí, ya estoy llegando!

Gritó para que pudiéramos escucharlo, pensé. *¿Pudiéramos?, mejor dicho, para que Kevin lo escuchara, porque a mí ya no me* *importa lo que él diga*, dije confundida en mi mente. Luego de un minuto vi en silencio cuando Nick entró y corrió hasta donde estaba nuestro hijo. Cuando lo vio, se agachó un poco y lo saludó.

—Hola, amiguito —dijo mientras lo miraba con una gran sonrisa.

—¡Nick! —gritó Kevin contento, y luego lo abrazó.

—¿Pensaste que no vendría? —dijo Nick mientras también lo abrazaba.

—Creí que ya te habías olvidado de mi mami y de mí —dijo, y me miró.

Yo pensé: *¡Ay, este niño...!*

—Por supuesto que no —dijo, y levantó la mirada hacia mí—. Nunca me voy a olvidar de ti ni de tu mamá, nunca pienso dejarlos pase lo que pase.

Me sonrojé totalmente, pero aun así caminé hasta donde ellos estaban hablando.

—Hola, señor Nick —evité mirarlo y acaricié el cabello de mi pequeño—. Mi angelito, me iré a hacer el almuerzo, ¿sí?

Abracé un poco a mi niño y caminé decidida hacia la casa, sin voltear a verlos.

—¿Quieres ayuda? —preguntó Nick desde atrás.

Suspiré un poco y sin mirarlo respondí:

—No es necesario, gracias.

—¡Insisto! —gritó—. Vamos, Kevin.

Le tomó la mano y comenzaron a caminar tras de mí. Entramos a la casa.

—Kevin, cariño, son las doce, ya comenzaron tus programas favoritos.

—¡Vamos, Nick! —lo jaló del brazo.

—Vamos —dijo mientras me miraba.

Me quedé sola en la cocina y comencé a hacer el almuerzo. Estaba picando cebolla cuando noté que Nick entró a la cocina y caminó hasta mí.

—Hola —dijo mirándome fijamente.

Iba a responderle, pero de repente me corté con el cuchillo.

—¡AUCH! —me quejé mientras tomaba mi dedo para ver el tamaño de la cortadura que me había hecho por distraída.

—¿Estás bien?

Sentí cómo se acercó rápidamente hasta mí y tomó mi dedo para observarlo.

—No pasó nada, sólo fue una pequeña cortada, tranquila.

—¿Seguro? —dije preocupada.

—Sigues siendo tan exagerada como cuando te conocí, Anna —sonrió mientras me observaba.

Enrojecí rápidamente como un tomate.

—Ah, sí —me alejé un poco de él—, gracias —le dije y me volteé para poner la cebolla en un recipiente con mi mano sana.

—¿Dónde están las curitas? —dijo mientras revisaba algunos gabinetes.

—No te preocupes, Nickolas, todo está bien, sólo me lavaré y cicatrizará.

—No es por eso, ¡no quiero que mi comida sepa a sangre, qué asco! —sonrió divertido y luego me miró.

—Jajaja, eres un tonto, Nick —dije entre risas mientras aún fingía prestarle atención a la comida.

Nick dejó de sonreír y me miró esta vez un poco serio.

—Hace mucho que no te escuchaba reír así... sigue siendo tan hermosa como siempre.

—¿Qué? —dije confundida.

—Tu sonrisa.

Rápidamente tapé la olla en la que cocinaba y caminé hasta la sala dejando solo a Nick en la cocina.

—Mi amor, en un ratito estará listo el almuerzo —le dije a Kevin mientras acariciaba su cabello.

—¿Dónde esta Nick, mami? —volteó la cabeza para observarme.

—Está en la cocina tomando agua, cariño, ¿por qué no lo llamas para que venga? —dije susurrándole un poco nerviosa.

—Está bien, mami —dijo mi pequeño y fue a la cocina.

Mientras ambos estaban en la cocina, yo me senté un segundo en el sillón para poder asimilar lo que había pasado con Nick. La verdad sólo su presencia cerca me hacía temblar, él me ponía muy nerviosa, quizá no tanto como cuando tenía diecisiete, pero había algo en él que me hacía sentir incómoda, a veces sentía que no podía controlarme cuando estaba cerca. No sé si aún lo amo o es sólo un pequeño miedo que le tengo.

Luego de toda una tarde en casa mirando televisión con Kevin y Nick, comenzó a oscurecer.

—Ya debo irme, amigo —le dijo Nick a Kevin mientras lo cargaba.

—¿Tan pronto? —dijo Kevin desilusionado.

—Sí, debo llegar al hotel antes de que oscurezca, pero prometo venir el próximo fin de semana —le sonrió.

—Está bien, Nick —también sonrió y lo abrazó.

La verdad, cada vez que veía a Kevin abrazar a Nick o reír con él se me aceleraba el corazón, pensar que eran padre e hijo los que se estaban divirtiendo por toda la casa, y mi pequeño ni siquiera se lo imaginaba, me hacía sentir un poco culpable. Hasta ahora he pensado en guardarme el secreto con respecto a Nick hasta que logremos llevarnos bien como amigos o compañeros, y hasta que decidamos qué haremos, es mejor que nuestro hijo o, mejor dicho, MI HIJO, crea que Nick es sólo un amigo que viene de muy lejos todos los fines de semana para verlo.

Aún no hablo con mis padres sobre las frecuentes visitas de Nick todos los fines de semana, y la verdad no he dicho nada porque no he tenido tiempo de llamarlos. Pero prefiero decírselos yo misma a que se los diga otra persona porque ellos también quedaron muy heridos cuando Nick me abandonó.

Mi tía aún no se lleva para nada bien con él, últimamente todos los sábados se va al pueblo a vender leche para no tener que ver su cara por aquí, dice ella. También hablé con ella para que no les dijera nada a mis padres sobre lo que estaba ocurriendo, porque, repito, es de mucha importancia que yo misma les diga lo que pasa en este preciso momento con Nick y Kevin.

Nick se acercó hasta mí antes de salir de la casa y me dio un pequeño beso en la mejilla.

—Cuídate, Anna —dijo serio y con una voz suave, y luego se alejó poco a poco de mí.

Me sonrojé totalmente. Y sentí cómo todo mi cuerpo dijo: "Ahora un beso en los labios...", mas no hice caso y seguí intentando estar seria para que él no se diera cuenta.

La verdad nunca esperé que el amor de mi vida me tratara de esa manera; nada más por el hecho de que me evita y me ignora, me destroza el alma en millones de pedazos.

Estuve siete años llorando cada noche esperando volver a verla algún día, aún creyendo que estaba muerta. Supongo que esperaba un milagro en ese preciso momento, pero nunca perdí la esperanza de encontrarla, y ahora que la tengo aquí sólo hago lo posible por acercarme a ella, aunque me rechace. Me duele mucho pensar que todo ese tiempo que estuve buscándola, ella se olvidó de mí por completo.

Algunas veces siento que va a responder a mis palabras cuando me acerco y le insinúo mi amor, pero se queda en silencio pensando y luego se aleja de mí sin siquiera reaccionar a mis palabras o acciones.

Cada día pienso en aquel momento cuando me robé ese oso de peluche en esa tienda, si no hubiera cometido ese error, aún estaríamos juntos. También algunas veces me siento culpable al pensar que, si pude conseguir un buen trabajo y estudiar luego de salir de la cárcel, por qué no lo hice cuando ella estaba embarazada y me necesitaba. Quisiera no haber cometido ese grave error, estoy totalmente seguro de que aún estaríamos juntos y seríamos una hermosa familia de tres, no importa si en la total pobreza o no, nosotros siempre encontraríamos la manera de afrontar todas las necesidades que se nos cruzaran.

Siempre me acuerdo de cuando Anna y yo vivíamos esas situaciones terribles, sin embargo, no todo era sufrimiento y tristeza. Recuerdo cuando reíamos sin parar en las noches; cuando fuimos por primera vez a ver a nuestro bebé en la ecografía; cuando nos desvelábamos asustados porque pensábamos que había algo rondando por el bosque; cuando hablaba con mi hijo en las noches mientras su madre dormía... esas son cosas que nunca olvidaré y cada vez que las recuerdo no puedo evitar sonreír.

Quisiera que algún día nuestro pequeño Kevin supiera todo lo que hicimos su madre y yo cuando nos enteramos de su embarazo. Quiero que sepa que, a pesar de las necesidades, nunca nos pasó por la cabeza arrepentirnos de lo que había sucedido, de tenerlo a él, eso lo supe definitivamente el día en que lo vi por primera vez en aquella foto de cuando era un pequeño bebé, aquella foto que aún guardo con mucho amor.

Siempre llego hasta el hotel en donde me hospedo, me baño y me cambio de ropa, y luego caigo agotado en la cama. Algunas veces quiero correr hasta la casa en donde se encuentra la mujer de mi vida sólo para meterme entre sus sábanas y pasar la noche con ella. Me siento muy solo estando aquí en esta habitación mientras mi familia está a unos minutos de aquí.

Todo este tiempo he pensado seriamente en ir a casa de los padres de Anna, quisiera preguntarles por qué hicieron esto; por qué dañaron una relación que pudo haber triunfado a pesar de las situaciones y de los años. ¿Qué ganaron con ver sufrir a su hija todas las noches?, ¿qué ganaron con ver crecer a su nieto sin un padre? Y, sobre todo, ¿qué ganaron alejándome de ella en todo este tiempo?

Aún quisiera entender por qué ella se vino a vivir a este lugar tan... tan de campo, cuando era una chica de ciudad, siempre lo fue, y no entiendo qué la hizo cambiar de opinión para quedarse a vivir aquí. Quizá fue el miedo a todos los que se burlaron de ella cuando estaba embarazada o que hablaron a sus espaldas mientras ella pensaba que habían sido sus amigos. Nadie es tu amigo, nadie te apoya, tú estás solo en este mundo, ni siquiera tus padres están contigo. Lo sé porque, con ver lo que le hicieron a Anna, se nota que ella siempre estuvo sola en esa lucha cuando yo estuve en la cárcel.

Luego de todo lo que ha pasado quizás comprendo por qué ella se ha vuelto tan fría y quiere estar sola. Está herida de saber que cuando estuvo en momentos difíciles nadie la apoyó; está triste por pensar que en la única persona en la que podía confiar la abandonó con su hijo como si fueran NADA. No se da cuenta de que las verdaderas personas que la abandonaron fueron sus padres al dejarla aquí en este campo lejos de todo, sola y embarazada, sin importarles nada; ellos fueron los que la abandonaron, no yo. YO LA AMO.

He pensado seriamente esta semana sobre las cosas que han sucedido con Nick. Aún no sé si debería volver a darle una oportunidad;

no sé tampoco si preguntar a mis padres si es cierto eso de que ellos engañaron a Nick diciéndole que yo había muerto. Sé que si lo hago quizás los hiera y se ofendan mucho; yo no creo que eso sea verdad, ninguna persona cuerda y que ama a su familia haría eso.

Siempre que veo a mi pequeño Kevin, me doy de cuenta de que tiene los mismos ojos de su padre, y recuerdo cuánto miré esos ojos en aquellas noches mientras lloraba por miedo al futuro. Recuerdo que esos ojos eran los que me miraban y consolaban mientras yo también temblaba de frío en esas noches que no teníamos ni una pequeña sábana para arroparnos.

También he pensado mucho en decirle a Kevin que Nick es su padre, pero me da un poco de temor que mi hijo luego quiera irse de mi lado para mudarse con él a la ciudad.

Mi niño es lo más importante que tengo en mi vida. Él es todo para mí, porque cuando tienes un hijo o una hija prácticamente dejas de pensar en ti; dejas de ser tú para convertirte en la protectora de aquella vida de la que serás responsable siempre. Y sabrás que, aunque crezca y tenga cuarenta años, seguirá siendo la luz de tus ojos y seguirás haciendo de todo para ver que sea feliz.

Si tuviera el dinero que necesito, me trasladaría a la ciudad con mi hijo y lo primero que haría sería llevarlo a un médico que pudiera ayudarlo con su pierna, porque la verdad a veces no soporto verlo llorar en las noches por el dolor tan grande que le causa. Algunas veces se queja mucho de que no puede correr porque le duele o porque que las personas lo miran como si fuera extraño. Yo siempre le digo que él no es extraño; que lo miran porque es muy especial y es un niño que da alegría adonde vaya con esa hermosa carita y esa gran sonrisa.

Me he prometido a mí misma que mi hijo no llegará a la adolescencia así, que seguiré reuniendo dinero para poder ayudarlo con su pierna y que no sufra más, y cuando vea a Nick hablaré con él sobre esto.

A la mañana siguiente, fui al pueblo para hablar con Nick. Entré a la cabina telefónica y metí la primera moneda de las diez que tenía. Esperé un poco. La verdad, estaba nerviosa, lamentablemente aún no había podido superar ese dolor de estómago que sentía cuando estaba a punto de escuchar su voz o de verlo. Esperé, esperé, hasta que por fin escuché:

—Habla Nickolas —dijo rápidamente con una voz seria.

—Ho... hola, Nick —dije nerviosa mientras las manos me temblaban.

—¿Anna? —lo escuché decir con una voz casi invisible. Como si mi nombre le hubiera salido de un suspiro.

—Sí, soy yo, es que necesito hablar contigo sobre algo. Siento mucho molestar —dije rápidamente.

—No... no, para nada me molestas, Anna —escuché una pequeña risa—, me encanta escuchar tu voz y que me llames —dijo alegre.

—Ah, sí —dije intentando ocultar una sonrisa tonta que salió de mí sin darme cuenta—. Tenemos que hablar sobre Kevin, Nick —dije esta vez seria.

—¿Qué sucede?, ¿él está bien?

—Sí, sí, no le ha pasado nada, no te preocupes. Sólo que... Nick, Kevin está sufriendo mucho por esa pierna. Todos los días desde que tuvo ese accidente me duele verlo llorar y quejarse por el dolor —dije, y no pude evitar empezar a llorar—. No quiero que otros niños rechacen a mi Kevin sólo porque cojea, me duele mucho que no tenga amigos por esa pierna y me duele más no poder hacer nada para curarlo. Llevo mucho tiempo ahorrando para poder ayudarlo, pero siento que mientras lo hago, él sufre demasiado y me hace sentir muy inútil, y yo sólo...

—Anna, calma —me interrumpió—. Yo te ayudaré, ayudaremos juntos a nuestro hijo, no te preocupes... ¿Sabes? Eres una madre maravillosa, no debes sentirte mal. Día a día trabajas por él y para él, y eso es algo que Kevin te agradecerá siempre porque sabe que trabajas para ayudarlo —dijo intentando calmarme.

Pasó rápidamente la semana y cuando menos me di de cuenta, vi a Nick con su mochila negra caminar hacia nuestro hogar. Sonreí levemente al verlo desde lejos mientras estaba sentada bajo mi árbol favorito, entonces pude notar cómo Kevin salió rápidamente a recibirlo con un abrazo. Mi pequeño admiraba y quería con todo su corazón a ese hombre. Cada vez que él llegaba a visitarnos, esa emoción de mi hijo y esa mirada de alegría me hacían feliz a mí también. Nick entró al jardín y se le dibujó una sonrisa cuando me vio allí sentada.

—¡Hola! —dijo desde lejos mientras se acercaba hasta mí con Kevin en sus brazos.

Me crucé de brazos para luego mirarlo fingiendo poco interés.

—Hola...

Nick bajó a Kevin y él se fue tras un balón que estaba a un lado del jardín. Nick caminó hasta donde yo estaba y se sentó a mi lado.

—Hola, Anna —dijo un poco más sonriente.

—Ho... hola —dije, y esperé a que Nick no se diera cuenta de los nervios que sentía en ese preciso momento.

—Tengo buenas noticias para los tres —dijo, y rápidamente tomó mis manos.

Me puse muy nerviosa. Comencé a temblar y las manos comenzaron a sudarme.

—¿Te encuentras bien? —me percaté de que se preocupó.

—Ah, sí, sí —dije, y separé mis manos de las de él—, dime, ¿qué sucede? —intenté parecer serena.

—Hablé sobre Kevin con mi amigo Antoni. Él es doctor, dijo que quiere examinar la pierna de nuestro hijo.

—¿En serio? —dije sorprendida—. Nick, ¡eso es maravilloso! —sonreí y luego, sin pensarlo dos veces, lo abracé.

¿Que qué sentí cuando lo abracé? Sentí que el mundo se detuvo por un segundo sólo para los dos. Me sentí como si fuera una pequeña de diecisiete años de nuevo, la niña que cada vez que abrazaba a su Nick sentía el mundo entero en ese abrazo. Fue perfecto, totalmente hermoso... era un *nosotros*.

Cuando reaccioné en medio de aquel abrazo, me separé rápidamente de él totalmente apenada.

—Discúlpame, Nick... —dije sin mirarlo a la cara.

—Espero que hayas sentido lo mismo que yo... —dijo suspirando mientras me miraba.

No dije ni una palabra. Sólo cerré los ojos y suspiré mientras sentía el viento soplar en mi cara. Ese viento me calmaba totalmente; me hacía olvidar todo dolor y tristeza porque me hacía sentir como una pequeña pluma que se elevaba cada vez más y nunca caía al suelo ni se quedaba quieta... sólo volaba y volaba día y noche sin ninguna preocupación ni malos recuerdos porque era libre para volar todo el tiempo que quisiera.

Luego de unos días, por fin estaba lista para viajar a la ciudad donde nací. Casi ocho años sin estar allí me sentía muy nerviosa y ansiosa. Mi hijo estaba muy contento por conocer la ciudad, pues yo siempre le había hablado de esos grandes edificios, esas autopistas con autos de muchos colores y tamaños y esos grandes lugares llamados centros comerciales donde había todo tipo de tiendas a las que a la gente le gusta ir.

Tomé dos maletas llenas de ropa y una pequeña mochila con algunos juguetes; sabía que no pesaba, así que dejé que mi pequeñito la cargara en la espalda. Lo tomé de la mano y fuimos a despedirnos de nuestra tía, que lloraba porque nunca había estado separada de su pequeño bebé, como le decía a Kevin. Caminamos hasta la central de autobuses más cercana (en realidad, la única que había en el pueblo) y cargué a mi niño para que pudiera subirse al autobús de *gigantes escalones,* como les decía él. Cuando nos subimos, rápidamente mi pequeño fue hasta un asiento y se sentó a un lado de la ventana.

—¡Mami, ven rápido, corre! —gritó emocionado mientras daba saltitos sobre el asiento.

Sonreí y me apresuré a sentarme a su lado. Cuando por fin lo hice, le puse el cinturón de seguridad.

—¡No, mami, me siento amarrado! —exclamó enojado, ya que no podía moverse tanto.

—Ve por la ventana, mi amor —le dije mientras esos hermosos y tiernos ojitos me miraban disgustados.

Cada vez que veía esos ojitos recordaba a Nick. Los mismos ojos y las mismas expresiones que me hacían sentir feliz.

Por el camino Kevin miraba por la ventana fascinado; veía autos y se emocionaba, paisajes y lo mismo, hasta vio una pequeña gasolinera y se entusiasmó. Yo lo miraba sonriente porque estaba disfrutando el viaje y se sentía feliz, pues sabía perfectamente que nunca olvidaría ese día junto a su mami viajando hacia la ciudad.

Cerré un poco mis ojos en la oscuridad de la noche cuando al fin mi pequeño cayó rendido del sueño en su asiento. Jugó todo el día, se rio, hablamos mucho, saltó en el asiento, miró por la ventana fascinado y comió muchos dulces en las seis horas de viaje. Eran las dos de la mañana cuando pude notar que estaba recostado sobre la ventana con sus ojitos cerrados.

Según el conductor, llegaríamos a las ocho de la mañana a la ciudad, así que tenía bastante tiempo para dormir. Mientras estaba recostada con los ojos cerrados no pude evitar pensar en el padre de mi hijo. Estaríamos con él por dos días en la ciudad en donde nosotros vivimos nuestro amor cuando apenas éramos unos niños, y la verdad me encontraba muy nerviosa por verlo. No sabía qué pasaría ni qué era lo que haría cuando me enfrentara a tantos recuerdos allá.

Por supuesto que mi pequeño ni siquiera sospechaba que Nick era su padre, sólo pensaba que era su mejor amigo y que iríamos a visitarlo para conocer la ciudad, pues Nick lo había ilusionado totalmente con la idea de conocerla. Le había contado de los maravillosos grandes edificios y el increíble ambiente de allá.

Debo decir que la ciudad es el lugar más maravilloso para mí. Nací y crecí allí, y al estar toda la vida en ese lugar tan ajetreado me acostumbré por completo a los ruidos y a las personas corriendo por las calles apuradas de aquí para allá. Cuando me mudé a la casa de mi tía, me costó demasiado acostumbrarme a ese tipo de lugar, pero con el tiempo lo logré.

La verdad ahora me daba mucho terror no acostumbrarme de nuevo a la ciudad porque el campo es algo totalmente diferente. Uno cambia la personalidad y la percepción de las cosas cuando cambia de ambiente. En la ciudad quizá puedes estar de mal humor todo el día o apurado corriendo por alguna calle, o simplemente ocupado sin ningún tiempo libre. En el campo puedes descansar, acostarte a escuchar tus pensamientos y sobre todo admirar la naturaleza que te rodea y sentir esa paz interior que siempre habías estado buscando en medio de todos tus problemas.

A eso de las ocho, tal como dijo el conductor, entramos a la terminal de autobuses de la ciudad. Desperté a mi hijo y le puse un suéter de color azul que le había tejido nuestra tía antes de irnos. Comencé a recoger el desastre que había dejado en el asiento, como sus hojas llenas de dibujos, sus juguetes y hasta un caramelo que había dejado tirado. Cuando el camión paró, tomé mi maleta y a mi bebé (sí, ya lo sé, tiene siete años pero sigue siendo mi pequeño bebé), y luego bajé a esperar a Nickolas.

Pensé que esperaría mucho, la verdad. Pero cuando volteé, Nick estaba allí parado mirando hacia los lados, supongo que nos buscaba... justo antes de que pudiera hablar para pronunciar su nombre, escuché a mi hijo gritar totalmente emocionado: "¡Nick!". Él volteó de inmediato y al mirarnos noté en su rostro una enorme sonrisa; una sonrisa que la verdad me encantó. Es esa sonrisa con la que me recibía siempre cuando éramos unos niños; esa sonrisa que me calmaba luego de un día largo y difícil en la escuela o con mis padres. Viajé de mis pensamientos pasados a la realidad cuando me di de cuenta de que él ya estaba frente a nosotros.

—¡Aquí están! —dijo sonriente—, ¡los he estado buscando desde que llegué a las siete de la mañana! —luego tomó a nuestro... digo, a mi hijo—. ¡Hola, pequeño, ¿qué tal el viaje?!

—El conductor nos dijo que llegaríamos a las ocho, siento no haberte avisado, es que no he tenido muy buena señal —dije seria mientras miraba al suelo.

Seré sincera. Nick me gustaba tanto que ni siquiera podía lograr mirarlo a la cara, era algo que nunca había podido lograr desde el largo tiempo que duramos separados. Antes, cuando éramos pareja, tuve este mismo problema al principio, quizá por vergüenza o no lo sé, por nervios.

—No te preocupes, Anna —dijo aún sonriente—. Ven, te ayudo con tu maleta —dijo mientras la quitaba de mi mano.

Caminamos hasta afuera de la estación de autobuses, luego él paró un taxi y nos fuimos camino a su hogar. La verdad estaba muy emocionada por ver la casa de Nick, quería saber qué tal vivía y si era un lugar bonito. Pero más que todo quería saber si vivía con alguna persona allí (suena loco y algo celoso, pero tengo derecho a saberlo). Mientras íbamos en el taxi yo estaba en total silencio mientras sonreía al ver a mi hijo jugar con su padre (aunque él no supiera que lo era). Mi pequeño Kevin era muy feliz al jugar con él, su sonrisa expresaba la total tranquilidad y relajación que le había hecho falta el tiempo que Nick no había ido a casa por estar trabajando o estudiando para su carrera. Disfrutaba verlos jugar y me alegraba que eso fuera así, que estuvieran felices y tranquilos porque la verdad si ellos estaban así, yo me sentía totalmente feliz y completa.

Al llegar al hogar de Nick, me sorprendí mucho, pues era un pequeño departamento muy acogedor. Para ser la casa de un hombre, la verdad estaba muy ordenada, eso me asustó un poco porque comencé a pensar que allí vivía alguien más; por supuesto que no me aguanté y le pregunté.

—¡Qué ordenado está este lugar! —dije sorprendida—. Y... ¿vives acompañado? —¡BUM! Solté la gran pregunta.

—No, Anna, vivo solo —dijo sonriente.

Respiré y dejé mis nervios y celos a un lado. "¡NICK VIVE SOLO!", grité dentro de mi mente, feliz y entusiasmada.

—¿Anna? —escuché decir a Nick, y rápidamente volví a la realidad—, ¿estás bien?

—¿Eh?, este... sí... lo siento —dije sonriente y lo miré.

Unas horas luego de llegar, Nick y Kevin se durmieron en el sofá, y yo estaba en el balcón mirando la ciudad; la hermosa ciudad donde había nacido y crecido, y también donde me hubiera gustado tener a mi pequeño hijo. No estoy queriendo decir que no me guste donde vivo, el campo es hermoso y me alegra que mi hijo naciera en un lugar tan pacífico y lindo, pero me hubiera gustado que creciera aquí porque sabría muchas más cosas, iría a la escuela y nunca le hubiera pasado ese accidente en el que se le lastimó tan horriblemente su piernita.

Aún recuerdo ese día. Cómo corrí por todo el pueblo llorando y pidiendo ayuda porque mi pequeño no dejaba de gritar por el enorme dolor que le causaba ese golpe que lastimó uno de sus huesos, y desde ese momento no lo dejó caminar bien. La verdad me he sentido muy culpable desde esa desgracia. Quizá si cuando mi hijo estaba en mi vientre yo me hubiera alimentado mejor, sus huesitos hubieran podido sanar más rápido y estaría bien. Cuando estaba embarazada no pude hacer nada por él y estos siete años que han pasado tampoco. Quisiera darle todo lo que quiere, llevarlo a los mejores hospitales; quisiera ser una mejor madre y poder estar con él siempre y no dejarlo solo cuando me voy a trabajar todo el día, lo peor, por un sueldo que casi no me alcanza para los tratamientos de su pierna ni para comprarle ni un juguete.

Mientras miraba la hermosa y agitada ciudad, no podía dejar de pensar en muchas cosas. Debíamos ir al hospital de la ciudad para que el doctor amigo de Nick revisara la pierna de mi pequeño y nos dijera cuáles eran los pasos que debíamos de seguir para que se recuperara. También debía ir a comprar unas cosas que mi tía me había encargado; además, tenía que ir a visitar a mis padres antes de irme. Ellos no saben que estoy aquí, y mucho menos en casa de Nick, pues desde que sucedió el incidente del juguete robado y de él en la cárcel, no quisieron verlo más. Nick aún me asegura que le tendieron una trampa, pero eso es algo que yo no puedo creer; son mis padres y sé perfectamente que nunca harían nada para hacerme daño.

Mientras seguía en el balcón, volteé un segundo para observar a Kevin y Nick durmiendo en el sofá. La verdad, se veían muy felices. Mi pequeño hijo se notaba totalmente protegido por su papá. Nunca dudé de mi sexto sentido al imaginarme a Nick como buen padre, pues cuando éramos novios se volvía loco por un bebé en cualquier lugar.

Luego de verlos dormir por unos minutos, me levanté y los cubrí con una pequeña manta que se encontraba a un lado del sofá. Siempre había soñado con ver a mi pequeño hijo sentirse feliz con su padre mientras yo los observaba sonriente, pues la felicidad de mi niño es la luz de mi existencia desde el día en que nació ese pequeño amor de mi vida. Un hijo o una hija es el verdadero amor de tu vida, no lo olvides. No hay nada más importante que ese pequeño ser que llevas, has llevado o llevarás creciendo en tu vientre durante tanto tiempo.

Como parte de mi pequeño diario de vida, aquí te dejo unos pequeños consejos para ti, madre adolescente, de parte de Anna, y con mucho AMOR.

Ser madre es lo más hermoso del mundo, ¿sabes por qué? Porque sólo con sentir a tu bebé moverse en tu vientre, sabes inmediatamente cuál es esa gran razón de tu existencia; esa razón es una pequeña vida que está creciendo dentro de ti, y llegará al mundo para darte alegría por el resto de tu vida.

Sé que algunas veces no será fácil para ti, sobre todo los primeros días. Pero recuerda esto: nadie nace siendo la madre perfecta; para eso están los hijos e hijas, para enseñarnos.

Cuando te sientas frustrada porque tu bebé llora sin parar y no sepas qué hacer, por favor, no te desesperes y no lo trates mal, recuerda que es un pequeño indefenso que no entiende la situación por la que estás pasando. Pide ayuda a tu madre o a alguna de tus familiares. Ellas conocen perfectamente la nueva experiencia que estás pasando y podrán ayudarte. (Si no tienes familiares mujeres cercanas, entonces a tu pareja. Algunos bebés son muy unidos con sus padres y logran calmarse cuando ellos están cerca.)

Siempre que te sientas mal, triste, destrozada, ya sea porque estás teniendo problemas personales o alguna otra dificultad, recuerda que tienes a un pequeño ser que te ama incondicionalmente y, por supuesto, odia verte triste.

Muchas mujeres no lo saben, pero su bebé siente todo lo que ellas sienten tanto dentro del vientre como afuera. Esto lo sé por experiencias propias.

Esta historia es real: hace menos de un año estaba visitando a mi mejor amiga, pues acababa de tener a su hermosa bebita. La nena estaba en su cuna dormida mientras mi amiga y yo estábamos en una conversación. Ella estaba teniendo muchos problemas personales, los cuales la tenían muy mal, y a pesar de tener sólo dos días de haber dado a luz, se encontraba muy deprimida. Mientras me contaba sus penas, comenzó a llorar, y yo, como su mejor amiga, al verla tan mal, también. Ambas nos sorprendimos y asustamos cuando notamos que la nena empezó a sollozar mientras aún estaba dormida, pues sentía el llanto y la tristeza de su madre en ese preciso momento.

Desde ese día mi amiga prometió no llorar delante de su hija; prometió sonreír para y por ella; para que su princesa se sintiera feliz y no viera esa enorme tristeza que llegamos a sentir cada uno de nosotros cuando vemos a nuestra madre llorar.

Al anochecer y luego de cenar, acosté a Kevin en la habitación de Nick. Al principio me opuse, ya que me daba un poco de pena con Nick.

—No te preocupes, Anna, yo puedo dormir en la sala.

—¿Estás loco?, nosotros podemos dormir en el sofá, no hay ningún problema por eso.

—Ustedes son mis invitados y no pienso dejarlos dormir en un incómodo sofá —dijo cruzando los brazos.

—Creo que he dormido en lugares más feos que un *incómodo sofá*.

—Yo también lo he hecho, así que por mí no hay ningún problema con dormir allí, y se acabó la conversación —dijo sonriente mientras salía de la habitación.

Suspiré y pensé: *Nick, sigues siendo tan terco como siempre.*

Cuando Kevin por fin cayó rendido entre el sueño y la comodidad de aquella cama, decidí salir a la cocina por un poco de agua. No tengo idea de cómo sucedió, pero cuando menos me di de cuenta, estaba sentada en la mesa con Nick hablando un poco sobre el pasado y tomándonos un vaso de leche.

—¿Recuerdas aquel día en que tu padre me encontró en tu habitación y tuve que saltar por la ventana para que no me golpeara?

—Lo recuerdo perfectamente —dije riendo fuertemente—. Usaste un yeso por casi dos meses —continué riendo.

—No fue nada fácil, ¿eh? —dijo mientras sostenía el vaso—, pero al menos en ese tiempo tenía una novia hermosa que cuidaba de mí.

El silencio se hizo presente cuando me incomodé por lo que dijo y decidí callar. Nick notó en el ambiente mi clara incomodidad y sólo dijo levantando su vaso.

—Brindemos por ella... —sonrió.

—¿Por quién? —dije levantando la mirada hacia su vaso–, ¿con leche?

—Sí, con leche —respondió y rio un poco—. ¿Por quién?, pues por esa hermosa dama que tuve a mi lado todo ese tiempo, la que se preocupó por mí y me cuidó cuando era tan sólo un niño malcriado que no sabía lo que quería... y aunque no lo sabía, estaba seguro de una sola cosa en ese momento, Anna, que te quería a ti en mi vida... y aún te quiero en ella.

Me quedé congelada al escuchar sus palabras; esas hermosas palabras que me recorrieron todo el cuerpo formando un gran escalofrío que recorrió toda mi piel en ese preciso momento.

—Brindemos —insistió, e hizo una seña con su vaso.

Y sin ninguna palabra en mi boca, sólo levanté mi vaso como pude con una mano temblorosa y lo acerqué al suyo para brindar en casi un profundo silencio que fue interrumpido por el sonido de nuestros vasos de leche chocando sus cristales. Luego de brindar nos sentamos aún en silencio y aunque tenía mi mirada completamente baja, veía de reojo a Nick sin que se diera cuenta de ello, pues miraba su vaso como si se le hubiera perdido algo en su contenido. Para romper el silencio, decidí sacar conversación.

—Y... ¿te ha gustado el clima de hoy? —dije levantando la mirada.

¿El clima?, ¿de verdad?, pensé. *Wow, qué gran tema de conversación, Anna,* dije en mi cabeza.

—¿En serio? —sonrió y me miró—, ¿hablaremos del clima?

—Pues sí —dije muy segura y crucé los brazos para demostrar (o hacer creer) que lo que acababa de decir era de lo que quería hablar.

—Bueno —guardó silencio y miró hacia ambos lados como si estuviera buscado algo—, creo que ha estado bonito el cima, algo soleado y luego algo nublado —dijo con poco interés y luego sonrió nuevamente.

—Ya entendí que odias este tema de conversación —dije mirándolo y también sonriendo.

—Es algo aburrido, Anna. Pero podemos hablar de otras cosas más importantes.

—Por supuesto —acepté mientras tomaba mi vaso y hacía ruiditos con él.

—Cuéntame —dijo con total seriedad—... ¿estás con alguien en este momento?

—¿A qué te refieres? —lo miré nerviosa luego de dejar el vaso a un lado.

Nick sólo me miró en silencio esperando una respuesta. Su seriedad seguía intacta.

—¿Hablas de una pareja o algo así? —reí un poco—. No, estoy sola. El único amor de mi vida es mi hijo en estos momentos —finalicé y luego desvié la mirada rápidamente para no quedar atontada al ver sus ojos. Lamentablemente siempre que miraba esos ojos marrones me volvía totalmente una idiota.

—Interesante... —dijo observándome fijamente mientras yo buscaba dónde esconder mi mirada para que no se entrelazara con la de él.

Nos quedamos en silencio por unos cinco minutos más, y decidí que lo mejor sería ir a dormir, pues no había ningún momento en que no nos sintiéramos incómodos al conversar. *Quizá no es una buena idea seguir con esto*, pensé. Me levanté con mi vaso en mano y dije:

—Iré a dormir, Nick —ni siquiera lo miré cuando mencioné estas palabras, pues sabía perfectamente que si lo miraba, mi decisión de irme y dejarlo allí solo cambiaría por completo.

Caminé unos pequeños pasos para alejarme de él e ir a la habitación, cuando sentí su mano sujetar mi brazo.

—No te vayas, por favor... —lo escuché decir con un pequeño hilo de voz.

Giré un poco la cabeza para mirarlo, por supuesto que totalmente nerviosa. No me salía ni siquiera una palabra de la boca; estaba tan nerviosa que creo que él se dio cuenta de lo mucho que estaba temblando en aquel momento.

—No me dejes solo, Anna —dijo de nuevo en voz baja.

Me volteé completamente y tomé su brazo. Nos miramos por unos segundos fijamente sin siquiera decir ni una palabra. Y fue allí cuando lo decidí. Viéndolo fijamente a los ojos comencé a acercarme, él por su parte estaba totalmente paralizado, sólo me veía con ojos llorosos. Al estar ya frente a él, me paré de puntillas para estirarme y tomar su rostro. Y así fue como de una mirada pasé a un roce de mis labios con los de él, sintiendo que era lo que había esperado desde hacía tantos años; lo que había estado soñando. Por fin estaba besando nuevamente los labios del hombre de mi vida.

Muchos de los que se están leyendo en este momento se preguntarán qué sentí en aquel momento, ¿verdad? Pues honestamente me sentí como una pequeña niña nuevamente, nerviosa y miedosa por su hermoso y tan esperado primer beso. Todos sabemos que este no es mi primer beso y mucho menos con este hombre. Pero este pequeño y nervioso gesto de amor después de tantos años se sentía como una hermosa primera vez de nuevo. El beso era lento y calmado, nada de desesperación ni lenguas ni nada de esas cosas que salen en películas de media noche. Simplemente nos tomamos nuestro tiempo. Una sonrisa, una mirada y un hermoso abrazo fue lo que vino después del beso.

Yo sólo lo abracé fuertemente con miedo de decir alguna palabra, pues en ese momento me daba vergüenza que hasta me sintiera respirar. No sabía qué pasaría después. ¿Me diría alguna frase romántica?, ¿haríamos el amor?, ¿me soltaría y me dejaría allí con mi vergüenza?, ¿pasaríamos el resto de la noche allí abrazados?

Cuando sentí que Nick comenzó a alejarse del abrazo que nos unía, los nervios se apoderaron de mí.

—No te obligaré a que hagamos algo esta noche —dijo mientras me observaba.

Para ser sincera, sentía miedo de estar con Nick de otra manera esa noche, pues luego de tantos años, ya ni siquiera recordaba cómo era.

—Nick, yo... —dije desconcertada, y justo antes de poder terminar la frase, él me interrumpió.

—Anna, yo puedo entenderlo, no te preocupes, ¿sí? —dijo, y volvió a abrazarme.

—Gracias, Nick —sonreí un poco y me fui alejando poco a poco para caminar hacia la habitación.

Esa noche no pude cerrar los ojos ni un minuto, y dudo que Nick lo haya hecho también. Todo fue muy inesperado pero a la vez esperado por los dos durante muchos años. No podía dejar de pensar en aquel dulce beso y en toda la electricidad que sentí en mi cuerpo en aquel momento; era como una especie de adrenalina que había estado esperando sentir durante mucho tiempo.

Definitivamente no dormí, seguía pensando en lo que había sucedido y en otras preocupaciones que me invadían. Lo de Nick me tenía totalmente perturbada, ya que no sabía qué pasaría cuando amaneciera; no sabía cómo sería nuestro trato ahora y si algo cambiaría entre nosotros (la verdad, no quería que amaneciera por ese mismo miedo). En unos días mi hijo tendría su cita con el médico donde nos dirían si habría que operarle la pierna o podría curarse con algunas sesiones de terapia muscular.

Lo más preocupante para mí (y seguro que para todos ustedes) era que estaba pensando seriamente en ir a visitar a mis padres, pues tenía algo importante que preguntarles. Desde que Nick dijo que la causa de nuestra separación había sido una trampa de ellos, no he podido dejar de pensar en eso, aunque me parece increíble y quisiera que ellos mismos me dijeran que se trata de una tontería y que no tuvieron nada que ver en eso. Sólo quisiera escuchar esas palabras para quedarme más tranquila y seguir mi vida feliz, aunque nunca llegue a entender por qué Nick fue capaz de decirme esa gran mentira sólo para que nuestra relación perdida renaciera.

A la mañana siguiente, apenas había cerrado los ojos cuando sentí los piecitos de Kevin caminar por la cama casi saltando.

—Buenos días, cielo —dije bostezando mientras lo veía.

—¡Hola, mami! —dijo sonriente—, ¿qué hay de desayunar?, ¿hiciste mis panqueques favoritos?

—¿Es eso lo que quieres desayunar hoy, mi amor? —le pregunté sentándome en la cama.

—¡Sí, mami, sí! —gritó dando saltitos.

—Está bien, pequeño, pero con una condición: deja de brincar tanto porque te vas a lastimar.

Se cruzó de brazos y dejó de saltar.

—Perfecto —sonreí y me levanté de la cama para hacer el desayuno.

Cuando me levanto por la mañana a hacer mis labores, siempre recuerdo a mi madre todos esos años que me cuidó, mientras yo dormía hasta tarde y me quejaba al despertar por tonterías.

Desde que mi pequeño comenzó a crecer, despertaba a las cuatro de la mañana para irme a trabajar. Primero me bañaba rápidamente y luego me ponía en marcha para hacer desayuno para él y para mi tía, y así, cuando despertaran, estuviera allí esperando para ser devorado por ellos. Normalmente yo no me hacía desayuno, ya que cuando se es madre y se mantiene una familia (mi tía y mi hijo), nunca hay tiempo que perder, pues dejamos de pensar sólo en *nosotras* para convertirnos en *todos*.

Luego de hacer el desayuno, tenía que limpiar la cocina y salir hasta el granero a dar agua a los animales; también recogía los huevos de las gallinas, y cuando al fin terminaba mis obligaciones, me ponía mi uniforme y salía a trabajar hasta las seis de la tarde o algunas veces hasta las diez de la noche, para luego llegar a casa y encontrar un pequeño desastre en la habitación de Kevin, sin contar las veces que tenía que despertarlo para correr tras él por toda la casa mientras lloraba por no querer bañarse. Era toda una aventura siempre.

Algunas veces, en la noche, cuando por fin lograba acostarme, me dormía rápidamente o me ponía a pensar en cosas del trabajo, pero ya no me sentía tan agotada, pues sabía que mi trabajo lo hacía con mucho amor para mi pequeña familia. Eso de acostarme y llorar por estrés había pasado hace muchos años cuando no estaba acostumbrada a tanta presión, porque sólo era una niña de mami que no sabía el significado de todo lo que ella hacía por mí.

Hoy en día que soy madre, agradezco a esa mujer que se despertaba día a día para hacer las labores del hogar y atender a una hija malcriada y un esposo que la trataba mal; le agradezco sobre todo por sonreír siempre para mí a pesar del estrés y la tristeza.

Luego de hacer el desayuno para Kevin y comer, corrí tras él por toda la habitación para poder bañarlo, y cuando por fin lo atrapé, bañé y vestí, le dije que daríamos un pequeño paseo. Como Nick aún dormía, sólo tomé un papel y dejé una breve nota en la mesa junto con el desayuno.

Buenos días, Nick:

Kevin y yo fuimos a visitar a mis padres, te hicimos un rico desayuno.

Te queremos.

37

Decidí llevar a Kevin a ver a sus abuelos, pues ya desde hace un tiempo no han ido a visitarnos y en realidad los hemos extrañado mucho. También necesito preguntarle a mi madre sobre el asunto de Nick que me está volviendo completamente loca de tanto pensarlo.

Salimos del departamento y tomamos un taxi para ir a la casa de mis padres. Mientras íbamos en camino a mi antiguo hogar, no podía evitar mirar por la ventana aquellas calles y aquellos edificios que me traían grandes y hermosos recuerdos de cuando tan sólo era una niña. También veía a mi hijo observando todo muy atento, estaba tan emocionado de ver tantas cosas nuevas que no podía creer que su cara se llenara de tanta impresión al ver esos grandes y hermosos lugares llenos de tantas personas, quizás muchas más de todas las que había visto en su vida en aquel pequeño pueblo.

—¡Mami, mira cuánta gente! —gritaba mientras tocaba mi brazo para llamar mi atención.

—Sí, cielo —sonreí y lo abracé—, ¿ves ese edificio de allá? —señalé—, allí estudié cuando era una niña como tú, mi amor.

—¿En serio, mami? Yo también quisiera estudiar, ¿no podríamos vivir aquí con Nick? Me gusta aquí.

Sonreí nuevamente al escucharlo decir eso. Para él sonaba tan fácil sólo venirnos a vivir con Nick y comenzar una nueva vida...

Envidio terriblemente a todos los niños, pues su imaginación y su inocencia los lleva mucho más lejos de lo que se puede. Lamentablemente la mayoría de los adultos llegamos a la edad en que perdemos esa imaginación infantil que era la puerta de nuestra felicidad casi siempre.

Pasaron unos minutos y me di de cuenta de que ya estábamos cerca del que fuera mi hogar, pues no había cambiado absolutamente nada: las mismas residencias, los mismos jardines, la misma casa rosa de la esquina que parecía de muñecas. Todo estaba igual, como si el tiempo nunca hubiera pasado.

—¡Mira, cielo! —señalé sonriente la enorme casa azul en la cual había crecido y en donde aún podía verme corriendo por el jardín mientras mi madre regaba sus plantas por la mañana.

—¿Ves allí?, esa es la casa de tus abuelos.

—¡Es muy grande, mami! —dijo emocionado y luego comenzó a tratar de saltar—, pero no más grande que la casa de mi tía, mami —me miró con esos hermosos ojitos llenos de amor y ternura.

—No, mi pequeño —sonreí y acaricié su cabello—, en la casa de la tía hay un jardín más grande.

—Y hay vacas, gallinas ¡y el señor Zanahorias! —dijo, refiriéndose a su caballo.

—Jajaja, sí, mi cielo, también —sonreí y luego le pagué al taxista.

Bajamos del taxi y cargué a Kevin mientras cruzábamos el jardín de mi madre, que estaba mojado (por lo que veo, mi madre no ha perdido la costumbre de regar las plantas todas las mañanas, ese jardín era su total orgullo).

—¿Mami...? —me habló mi niño mientras me tomaba la cara para verme.

—Dime, pequeño —lo miré rápidamente mientras caminaba con cuidado para no tropezar con las hermosas flores de mi madre (podría darle un infarto si llegaba a pisarlas sin querer).

—¿Puedo mostrarle la casa de la abuela al señor Zanahoria?

—¿Y cómo harías eso? —lo miré confundida.

—¿Podemos traerlo la próxima vez?

En realidad, estaba hablando muy en serio este pequeñito.

—Bueno, lo intentaremos, ¿sí? —le respondí, quién era yo para arruinar la gran imaginación de mi hijo.

—Está bien, mami —sonrió, y luego me abrazó para quedarse así hasta que llegamos a la puerta de la casa.

Tocamos el timbre y esperamos alguna respuesta. A los dos minutos de espera escuché la voz de mi madre y los ruidos de un bajar de escaleras rápido.

—¡Un momento, por favor!

Cuando la escuché, me mordí los labios de la emoción. El tiempo sin vernos me hacía sentir como mariposas en el estómago de los nervios, por fin vería a mi madre, la persona que tanto admiraba desde que me había dado cuenta de lo difícil que era tener a una familia y hacerlos felices a todos siempre, lo cual era un verdadero placer, de eso estaba muy segura.

—¿La abuela está en casa, mami? —dijo Kevin mirándome algo confundido.

—Sí, mi amor, pero dijo que esperemos un segundo —respondí aún mirando a la puerta, pues no quería que mi pequeño notara mis nervios.

Al ver esa puerta abrirse lentamente, sentí algo así como un pequeño infarto instantáneo y lo primero que se me ocurrió fue tomarle fuertemente la mano a mi hijo. Al abrir la puerta por completo, la cara de mi madre fue de mayúscula impresión.

—¡Oh, Dios! —gritó mientras sus ojos se tornaban vidriosos—, ¡son mis pequeños bebés! —volvió a gritar y luego se nos acercó para abrazarnos.

Cada vez que veía a mi madre luego de tanto tiempo, no podía evitar llorar, ya que no podía ocultarle lo mucho que la había extrañado. Sólo las personas que vivimos sin nuestros padres podemos entender el enorme sentimiento que nos entra en el corazón cuando por fin vemos a nuestros *viejos* después de tanto tiempo. Digo *viejos* porque nos parece que cada vez tienen más arrugas. Muchas veces (no digo que me arrepienta de todo lo que he vivido desde que nació mi hijo) despierto en mi cama, en la oscuridad, y me imagino que aún tengo diecisiete años y que mi madre está en la cocina preparando mi comida favorita. Imagino que bajaré las escaleras de mi casa corriendo y la abrazaré y agradeceré por soportar a esta adolescente tan gruñona y malhumorada que pelea por tonterías y no valora lo realmente importante que es llevarse bien con sus padres y tratarlos bien, porque serán las únicas personas que siempre la amarán a pesar de todo. Pero la realidad es que ya crecí, tengo una familia a la cual cuidar ahora y ya esos recuerdos que tengo de mi niñez sólo son eso, hermosos recuerdos que sólo volverán a mi mente una y otra vez cada que yo quiera.

Mi madre nos abrazó y besó; también lloró conmigo un poco dejando en claro lo mucho que me había extrañado en casa. Luego nos invitó a pasar y a sentarnos a comer con ella, cosa que Kevin no hizo por mucho tiempo, pues decidió ir a conocer todas las partes de la casa.

—Ten mucho cuidado con las escaleras, hijo —le dije desde lejos mientras lo veía alejarse de la habitación.

Mi madre sonrió al mirarnos mientras me servía un poco de té.

—Ha crecido bastante —dijo mientras se sentaba en la mesa conmigo.

—Sí —sonreí orgullosa—. Todos los días siento que crece un poco más.

—Por lo que veo, ya se acostumbró bastante a su defecto en la pierna —dijo mirando a Kevin, que estaba jugando con un muñeco de plástico en la sala.

—Sí, un poco, pero ya estoy trabajando en resolver su problema para que pueda caminar normalmente —dije mirando a mi madre seria.

—Hija —tomó mi mano—, sé que este tema te deprime un poco, siento haberlo mencionado —dijo preocupada.

—No hay problema, madre, estoy bien —suspiré y pregunté—: ¿Y papá?

—Él está trabajando, cariño, pero estoy segura de que se va a poner muy contento cuando los vea aquí —sonrió.

—¿Volvió a trabajar hasta tarde?

—No, no, sólo hasta las seis, máximo. Hija, me alegra mucho que decidieras venir a visitarnos, te hemos extrañado mucho todo este tiempo, cariño.

—¿Por qué no fueron a visitarme si me extrañaban?

—Tu padre ha estado ocupado con su trabajo, hija, no pienses que no hemos querido ir, cariño, lo que importa es que ahora estás aquí con nosotros —sonrió.

—Sí, mamá. Vine a verlos porque la verdad los extrañaba; además, como dije antes, vine a resolver el problema de la pierna de Kevin.

—Hija, sabes perfectamente que el problema de la pierna del niño es algo difícil de resolver en un solo viaje, además es muy costoso y tú no puedes pagar todo ese dinero. Sabes que si tu padre y yo pudiéramos ayudar, lo haríamos, pero...

—Madre, ya conseguí ayuda para mi hijo —la interrumpí.

—Hija, te he dicho un millón de veces que esas fundaciones sólo son engaños, ellos no van a poder ayudarte, cariño.

—No, madre, no es ninguna fundación, una persona muy especial se ha ofrecido a darme su ayuda para la mejora de Kevin.

—¿A cambio de qué, hija?, ¿tú crees que esas personas no piden algo? Quién sabe qué querrá —dijo subiendo un poco la voz—. No aceptes ayuda de ningún desconocido.

—Mamá, él no es ningún desconocido —dije intentando calmarla—, quiero que te tranquilices y me escuches, por favor.

—Entonces dime quién es, hija, porque no es posible que cualquier *persona conocida* venga a ayudarte y no quiera nada a cambio —dijo aún un poco alterada.

—Mamá, escúchame, no es ningún desconocido y no quiere nada a cambio. Se trata de su papá y quiere ayudar a que esté bien...

—¡¿QUÉ?!

Mi madre puso el grito en el cielo luego de escuchar mis palabras, y la verdad no podía importarme menos lo que quisiera decirme sobre Nick, mi hijo estaba feliz con su padre y yo también, aunque me costara admitirlo, estaba feliz de tenerlo de regreso en mi vida.

—¡¿El padre del niño?! —gritó enojada.

—Sí, madre, Nick ha vuelto a nuestras vidas y está totalmente comprometido para ayudarme en todo lo que necesite Kevin para mejorar.

—¿Y acaso tú crees que ese pobre imbécil podrá con todo esto?, ¿luego de que te abandonó embarazada?, ¿luego de que no le importó que hubieras dado a luz y se fue?

—Madre, ¿de verdad Nick se fue alguna vez? —pregunté mirándola fijamente—, porque él me asegura que todo fue por completo diferente.

—¡¿Qué estás queriendo decir?! —gritó, y luego se levantó de la mesa con las tazas de té.

—Creo que tú y mi padre saben perfectamente de lo que estoy hablando, madre —también me levanté de la mesa dispuesta a seguir y enfrentarla de una buena vez.

—¡¿Qué estás insinuando, niña?! —dijo prácticamente punto de explotar de lo furiosa que estaba.

—¡Que ustedes engañaron a Nick diciéndole que yo había muerto en ese parto y luego me engañaron a mí! —también grité.

—¡Eso lo está usando para confundirte, por Dios, Anna!, ¿cómo crees que nosotros, tus padres, vamos a engañarte de esa manera?, ¡por favor!

—No lo sé, madre —dije bajando la voz esta vez.

Estaba muy confundida sobre lo que acababa de suceder y lo que acababa de decir. ¿Realmente estaba cegada por Nick y acababa de ofender a mis padres?, ¿o será que ellos me estaban engañando nuevamente?

Luego de la pequeña discusión con mi madre, decidí dejar esas palabras hasta allí e irme a jugar con Kevin en la sala. Mi madre se fue a la cocina y se quedó allí por un largo rato. Pensé mucho en ir a disculparme con ella, pero la verdad sentía tanta vergüenza de haberle gritado y hablado de esa manera tan grosera que ni siquiera podía mirarla a la cara. No quería escuchar sus palabras de decepción, pues sólo de pensar que luego de un tiempo tu propia hija va a visitarte de sorpresa con tu nieto sólo para juzgarte decepciona a cualquier madre. La casa estuvo en total silencio las próximas dos horas (aunque sólo se escuchaban los pasitos de mi hijo yendo de allá para acá).

Mi madre no se había equivocado cuando dijo que mi padre volvería a eso de las seis de la tarde, pues a esa hora en punto su auto entró por a la cochera. Al escuchar su viejo coche y recordar mi adolescencia, esos tiempos en los que aquel ruido de tubo de escape dañado sonaba a eso de las cuatro de la mañana, comencé a pensar que mi padre, al cumplir los cincuenta, en realidad se había repuesto de todo lo que había hecho (mujeres, alcohol, violencia a mi madre y adicción al trabajo). Se había dado de cuenta de que esa mujer que lo esperaba todas las noches hasta casi el amanecer, era la mujer que lo iba a cuidar y a amar el resto de su vejez. Ésa que realmente valía la pena estar con ella y quien le iba a perdonar todos sus errores por todos esos años de matrimonio y una hija juntos.

—¡Mi amor, llegó el abuelo! —dije tomando a Kevin de la mano para que mirara por la ventana a su viejo y muy cambiado abuelo.

—¡Cariño, ya llegué! —dijo mientras se dirigía a abrir la puerta.

Los cambios en mi padre eran notorios, se veía cansado, avejentado y además con unos cuantos (muchos) kilos de más. Aquel hombre grande y lleno de vida se había ido muy lejos de aquí, quizás a millones de kilómetros. Sentí mariposas en el estómago al verlo entrar por la puerta con su portafolio de trabajo en mano. Mientras abría la puerta, miraba al suelo para no tropezar con los pequeños escalones de la entrada.

—¡Abuelo! —gritó Kevin antes de que mi padre siquiera notara nuestra presencia.

Subió la mirada rápidamente y al vernos allí, soltó una gran y alegre sonrisa; una sonrisa que la verdad nunca había visto antes por su gran seriedad durante toda mi niñez y parte de mi adolescencia.

—¡Hey! —escuché gritar a mi padre cuando soltó su maleta y abrió los brazos para recibir a su pequeño nieto.

Kevin entendió su señal y fue tan rápido como puso para prácticamente colgársele encima como un koala.

—¡Qué grande y pesado estás, niño! —dijo papá entre carcajadas al recibir a mi hijo.

Mientras mi padre le preguntaba a Kevin cómo estaba y qué había hecho todo ese tiempo para crecer tanto (cosas de abuelos), yo los observaba cruzada de brazos y sonriente. Tantos años habían pasado y mis padres comenzaban a envejecer; no me di cuenta cuando a mi madre le salió su primera arruga, ni cuando a mi padre le comenzó a doler la espalda. Todo me lo perdí por estar tan lejos de ellos, y mi hijo se estaba perdiendo de la diversión con sus abuelos por estar tan lejos de la cuidad.

—¿No piensas abrazar a tu viejo? —dijo mi padre sacándome de mis pensamientos mientras se acercaba a mí con los brazos abiertos.

—Hola, papá —dije sonriente y también abriendo mis brazos para responder el abrazo, ése que nunca me había dado en realidad.

Quizás por todo el tiempo que pasó sin verme; tal vez me extrañó mucho y le hacía feliz sentir que su única hija estaba en casa de nuevo, así como antes. Luego de un largo abrazo me soltó y me miró.

—¿Y tu madre?, ¿los recibió bien? —dijo extrañado de no verla en la sala con nosotros.

—Sí, papá, muy bien —dije un poco preocupada—, está en la cocina.

Mi madre no había salido de la cocina desde nuestra pequeña discusión de hacía un rato y a mí me daba terror siquiera ir hasta allí para intentar hablar con ella.

—Esa mujer maleducada. Seguro está preparando postres y los dejó aquí solos. Vengo en un momento —dijo mi padre un poco enojado caminando hacia la cocina. (Vaya, su carácter no había envejecido nada, por lo que vi.)

—No, es que ella está… —intenté explicarle pero me dejó hablando sola por irse a la cocina a buscar a mi madre.

—¡Mariela! —grité caminando hasta la cocina con total desconcierto. Mi familia estaba sola en la sala y esta mujer idiota, como siempre, haciendo tonterías en la cocina. Al llegar no salió a recibirme ni tampoco tenía mi comida lista en la mesa como de costumbre. ¿Pero quién demonios se creía esa mujercita?

—¡Mariela!, te estoy hablando, ¡¿dónde estás?! —vociferé saliéndome de mis casillas y casi tirando la puerta de la cocina para entrar—. ¡¿Qué crees que estás haciendo?! —grité bruscamente al verla sentada en una silla de la cocina con un pañuelo en la cara.

Al acercarme, la miré un poco confundido y la observé con más atención para intentar entender qué demonios le sucedía a esa loca mujer.

—¿Acaso estás llorando? —le dije acercándome un poco más—, ¿por qué lloras, Mariela?, ¿acaso terminaste de enloquecer, mujer? —dije moviendo las manos desesperadamente para llamar su atención.

—¡Carlos, lo descubrió todo! —dijo aún tapando su cara con el pañuelo.

—¿¡Qué!? —dije alterado—, ¿de qué demonios estás hablando, Mariela?

—¡Anna lo sabe TODO! Carlos, ¡se encontró con Nickolas! —dijo gritando.

—¿De qué estás hablando, Mariela!? —comencé vociferar aún más fuerte y la tomé por los brazos para levantarla de donde estaba sentada. Esa maldita me había traicionado—. ¿Qué hiciste? ¡Maldita mujer!

—¡No es mi culpa, Carlos! —dijo gritando entre llanto—, ¡ese hombre los encontró, no sé cómo!

—¡Y los encontró por tu culpa! —la empujé lejos de mí, pues no quería siquiera tenerla cerca porque sabía que podría golpearla por idiota—. ¡Te dije el día que ese maldito llegó aquí a preguntar por ellos que lo corrieras y no le abrieras más las puertas de esta casa, mujer!, pero no. La señora buena gente, alma caritativa, ¡fue y le dio una foto del niño al tipo ése sabiendo que con eso podría buscarlos! ¡Es que eres estúpida, Mariela!

—¡Por el amor de Dios, Carlos, esto no es mi culpa, te lo juro! —dijo sollozando y luego se arrodilló en el suelo para demostrar su arrepentimiento.

Me senté en el sofá con Kevin a esperar alguna palabra de mis padres, pues llevaban mucho rato en esa cocina y no podía escuchar absolutamente nada de lo que estaban hablando. Me sentía de nuevo como si estuviera en mi niñez, sentada en ese sofá, temblorosa, esperando la salida de ellos de aquella cocina. Cuando era una niña sabía perfectamente que si mi padre entraba enojado a ese lugar, mi madre saldría llorando con moretones en los brazos. Mis nervios al recordar todas esas cosas me hicieron entrar prácticamente en un estado de pánico que ni yo misma conocía y comencé a llorar.

—Mami, ¿estás bien? —dijo mi hijo al mirarme, y rápidamente comenzó a abrazarme.

—Estoy bien, cariño, sólo me duele mucho la cabeza —dije intentando contener el resto de las lágrimas que querían salir.

—Ay, mami, ven, te daré un besito para que te sientas mejor —dijo mi pequeño, y luego me besó en la mejilla.

Mi hijo estaba dándome muchos besitos y lo miraba intentado contener las lágrimas, mientras pensaba que yo había sufrido de nervios todos esos años en los que mi padre golpeaba y maltrataba a mi madre sin ninguna razón, y ahora mi hijo estaba allí sentado a mi lado observando todo lo que yo había vivido años atrás.

—¡Kevin, nos vamos! —dije levantándome del sofá y tomándolo de la mano rápidamente.

—Pero, mami, ¿y mis abuelos?, ¿no les diremos adiós? —dijo confundido.

—Los abuelos están ocupados en este momento, volveremos luego, amor —dije mientras recogía mi bolso para salir del lugar.

Cuando mi hijo nació, le prometí que en su vida siempre habría mucha paz, que nunca viviría todas esas escenas de violencia que viví yo durante todo ese tiempo, pues sólo provocan problemas y traumas severos para el futuro. En su infancia y adolescencia mi hijo sólo tendría felicidad y diversión de mi parte para que, cuando creciera, fuera un hombre de bien y no uno acostumbrado a la violencia y las peleas en casa.

Al ver a mis padres allí y recordar el horrible dolor de estómago que sentía siempre que los veía discutir (casi todo el tiempo), recordé que no era tan malo que mi hijo y yo estuviéramos alejados de la ciudad. Si estuviéramos cerca de ellos, quizás mi Kevin tendría un comportamiento diferente, nervioso o desobediente, quién sabe.

Lo cierto es que un hogar con violencia hace daño tanto a las personas que la ejercen como a las que sólo escuchan o ven. La violencia puede causar miedos, nervios, traumas y lo peor... algunas de las personas que viven este tipo de situaciones repiten estas conductas cuando tienen su propio hogar y familia.

No a la violencia en el hogar.

Salí de la mano con Kevin de casa de mis padres sin arrepentirme de nada. No había dejado ni una nota de despedida, pero la verdad no me importaba porque ahora mi vida no se trataba de lo que dijeran o pensaran ellos; mi vida se trataba desde hace casi ocho años de mi pequeño hijo.

Tomamos un taxi de regreso a casa de Nick y la verdad jamás me había sentido tan bien en mi vida; jamás había sentido tanta paz de saber que podía controlar mi vida y jamás había sentido tanta libertad.

Cuando llegamos al departamento, notamos que Nick no estaba. Sabrá Dios a dónde se iría.

—¿Mami? —preguntó Kevin jalando mi blusa y sacándome de mis pensamientos sobre dónde estaría Nick.

—¿Sí, cielo? —respondí sonriente mientras lo miraba.

—No quiero quedarme aquí todo el día de nuevo —dijo mirándome con esos ojitos hermosos e irresistibles para mí.

—Amor, déjame pensar a dónde podemos salir, ¿sí? —dije intentando calmar su ansiedad por salir del departamento.

—Bueno, está bien, mami.

A eso de las cuatro de la tarde, decidí bañar y vestir a mi hijo para por fin llevarlo a conocer la hermosa ciudad en donde su padre y yo habíamos crecido. Cuando salimos del departamento, caminamos algunas cuadras hasta el parque más cercano, allí Kevin corrió por el césped, les hablamos a las ardillas y comimos algunas golosinas. Luego del parque, tomamos un taxi hasta la heladería Shipers y al entrar lugar inmediatamente me invadieron los recuerdos de cuando tenía dieciséis años comiendo helado de chocolate con Nick en nuestra primera salida oficial como novios.

—¿Ves esa mesa de allí, Kevin? —le dije señalando una pequeña mesa en una esquina.

—Sí, mami. ¿Nos sentamos allí?

Antes de que yo pudiera responderle, fue lo más rápido que pudo hasta la mesa. Sonreí y caminé hacia el lugar con los helados para sentarme también.

—En esta mesa solíamos sentarnos Nick y yo cuando éramos más jóvenes. Este era nuestro sitio favorito para comer helados —dije invadida de recuerdos.

—¿En serio, mami? ¿Nick y tú eran amigos de pequeños?

—Algo así, mi cielo, no éramos tan pequeños —sonreí también y acaricié su cabello mientras lo veía devorar el helado y mancharse toda la ropa (ya luego tendría que luchar con esa mancha de helado de chocolate).

—¿Y por qué no me invitaron a comer helados con ustedes cuando eran niños, mami? —dijo confundido.

—Porque tú no habías nacido para ese entonces, mi amor —reí un poco y seguí acariciando su cabello.

—La próxima vez que vengamos, ¿podemos traer a Nick con nosotros?

—Claro que sí, mi cielo.

No podía dejar de preguntarme dónde estaba Nick. La verdad lo extrañaba un poco y no había podido dejar de pensar en él todo el día. Quería volver a verlo para así tal vez hablar sobre el beso; ese beso que hasta ahora no había podido olvidar, con sólo recordarlo se me ponían los pelos de punta.

—¿Mami?

—¿Eh?... dime, amor —respondí desconcertada y nerviosa.

—¿Estás bien? —dijo mirándome extrañado.

—Sí, hijo, estoy bien, no te preocupes.

Luego de un hermoso día con mi pequeño, decidimos volver a casa (bueno, al departamento de Nick). Cuando entramos, notamos que aún no había regresado y eso me preocupó y enojó un poco, ya que pensé que quizá estaba con alguna chica en una cita y por eso había tardado tanto durante el día.

Nick, quisiera saber dónde estás y decirte que ayer me di cuenta de que sí te necesito en mi vida más de lo que creía, y que de verdad me encantaría que educáramos a nuestro pequeño juntos porque sé que así la felicidad sería infinita.

Pasaron algunas horas desde que llegamos. Hice la cena para Kevin y lo bañé, limpié un poco la casa y Nick aún no regresaba. Mis nervios se apoderaron de mí y pensé seriamente en llamar a la policía o a casa de sus padres, que no lo apoyan, pero quizá sabían de él. Estaba caminando prácticamente en círculos por la sala mientras Kevin jugaba con sus carritos.

—¿¡Dónde demonios estará!? —grité enojada (en realidad, estaba muy preocupada).

—¡Mami! —gritó Kevin—, ¡dijiste una grosería!

—¡Oh!, lo siento, cariño —lo miré totalmente apenada—, mami sólo se molestó un segundo, pero no lo volverá a hacer, ni tampoco volverá a decir groserías, ¿está bien?

—Bueno —sonrió y siguió jugando.

Mientras me distraje mirando a mi bebé jugar un segundo, escuché el ruido de la puerta junto con unas llaves. Sabía perfectamente que se trataba de Nick y pensé seriamente en cómo debería reaccionar al mirarlo entrar. Tenía muchas ganas de gritar, que viera mi enojo, preocupación y celos al mismo tiempo por su ausencia durante casi todo el día, aunque no era nadie para decirle y preguntarle cosas sobre su vida. Porque el hecho de que nos besáramos no quería decir que ya era alguien importante en su vida, así que lo único que pude hacer para disimular mi rabia fue sentarme en el sofá dándole la espalda a la puerta para que él lo notara.

—¡Hola, chicos!

—¡Nick! —gritó Kevin y luego corrió hasta él para tratar de saltarle encima.

—¿Cómo estás, amigo? —dijo mientras lo cargaba.

Los escuchaba hablar y también los pasos de Nick al acercarse hacia el sofá donde estaba sentada. Cerré mis ojos pensando: *En realidad no sé qué hago aquí, evitando a Nick, igual me verá de todos modos; el sofá no me hará invisible.*

—Hola, Anna.

Escuché su voz y vi de reojo su sombra frente a mí.

—Hola —dije seria.

—Siento haber tardado, fui a comprar algunas cosas, luego unos libros para mis clases y después a visitar a algunos amigos en la facultad.

—No tienes que explicarme nada, Nick —dije sin mirarlo—. Yo soy tu invitada y no tienes por qué decirme a dónde vas —me levanté del sofá y caminé hacia la cocina—. Por cierto, hice la cena para el niño.

—¿Y qué comieron en la tarde? —preguntó mientras iba también a la cocina.

—Comimos helado en la heladería que está a tres cuadras de aquí —dije mirándolo.

—¡Nick! —gritó Kevin para que lo viera—, mi mami me dijo que cuando eran más jóvenes iban a esa heladería.

—Sí, pequeño —sonrió, y yo enrojecí inmediatamente—, solíamos ir allí casi todo el tiempo cuando éramos más chicos, ¿verdad, Anna?

—Sí —dije bajando la cara para que Nick no notara lo roja que estaba.

—Y mi mami también me dijo que ustedes jugaban mucho —sonrió.

—¿¡QUÉ!? —los ojos de Nick se abrieron completamente y me miró—. ¿Qué le dijiste al niño, Anna?

—Está hablando de que jugábamos porque éramos amigos, Nick —dije entre dientes intentando que Kevin no se diera de cuenta.

—¡Oh!, sí, pequeño, tu madre y yo éramos muy buenos amigos, y ¿sabes?, la pasábamos tan bien jugando... —dijo mientras me miraba.

—¡Hijo, vamos, hora de dormir! —grité rápidamente interrumpiéndolo y acercándome a Kevin para llevarlo a la habitación.

Cargué a mi niño y lo llevé a dormir. Le puse su pequeña pijama de dinosaurios y lo acosté en la cama.

—Mami, pero no tengo sueño... —reclamó mirándome enojado.

—Los niños de siete años deben dormir temprano si quieren crecer, cielo —dije mientras le acariciaba la cabeza.

—¡Pero, mami, no quiero!

Escuché que la puerta se abrió sólo un poco y vi a Nick observándonos.

—Anna, ¿podemos hablar un momento? —dijo serio.

El corazón se me disparó inmediatamente, y mis nervios comenzaron a salir al aire, pues Nick quería que habláramos y yo no sabía si quería hablar acerca del beso o de mi seria y notable actitud cuando llegó.

—Voy en un momento —dije sin siquiera verlo a la cara.

Dormir a mi hijo era lo más importante para mí, pues no lo

dejaría allí solo y despierto, quién sabe qué desastre haría en esa habitación con toda esa energía. Luego de unos veinte minutos de canciones de cuna, Kevin por fin cayó rendido, lo que me daba tiempo suficiente para ir a arreglar asuntos con su padre.

—¿Nick? —dije al salir de la habitación mientras caminaba por el pasillo.

No conseguí respuesta de su parte, así que decidí ir a la sala a buscarlo.

—¿Nick?, ¿dónde estás? —grité un poco para que pudiera escucharme.

—¡En la cocina! —escuché su voz un poco lejos pero lo suficientemente clara.

Caminé hacia la cocina esperando encontrarlo devorando algo de la nevera. Sabía que estaba comiendo, pues el olor era de comida.

—¿Estás preparándote cena? —dije mientras abría la puerta para entrar a la cocina.

—Algo así —volteó con unos platos de espagueti en las manos.

Lo miré un poco sorprendida, no sólo porque tenía esos dos platos en las manos, sino porque había acomodado la mesa que en ese momento nos dividía. La adornó con un hermoso mantel blanco, unas velas, una botella de vino y unas grandes copas de vidrio.

—¿Qué es esto? —dije mirándolo confundida.

Él sonrió y puso los platos sobre la mesa para luego caminar hacia la silla más cercana a mí y jalarla para ofrecérmela.

—Señorita, ¿podría sentarse, por favor? —dijo sonriente.

Lo miré seriamente por unos segundos hasta que no pude contener más mi sonrisa.

—Bueno, está bien —dije riendo y me senté.

Nick esperó a que terminara de sentarme para luego hacer lo mismo.

—Espero que te guste tu espagueti, tardé toda la mañana buscando los ingredientes para hacerlo —dijo sonriente mientras tomaba su plato para comenzar a comer.

—Estoy sorprendida —dije riendo mientras veía el plato.

—Tuve que aprender a cocinar cuando me mudé a vivir solo. Al principio comía sólo enlatados, pero luego de un tiempo decidí comenzar a hacer mis propios alimentos.

—Déjame decirte, Nickolas, que te felicito —dije luego de terminar de probar el primer bocado de espagueti—. Te quedó delicioso.

—Gracias. Lo cociné para una chica muy especial —dijo mientras me miraba fijamente—, si a ella no le hubiera agradado, tendría mucha vergüenza en este momento.

—Bueno —me quedé en silencio un momento para asimilar el coqueteo tranquilamente sin ponerme como un tomate—... pues a la chica especial le ha fascinado su comida, señor chef.

Nick sonrió y bajó la mirada. Esa era su manera de hacer notar su timidez ante una situación que lo hiciera sonrojarse como cuando él me decía esas cosas que me llevaban hasta otro mundo.

—¿Y cómo te fue con tus padres? —preguntó intentando cambiar el tema cuando el silencio se tornó un poco incómodo.

—Bien —dije de manera seca.

No quería hablar con él acerca de mis padres, pues aún era probable que me hubiera mentido acerca de lo de nuestra separación. ¿Para qué quería saber de ellos si según él tanto los odiaba?

—¿Sabes, Nick? —dije mirándolo seria mientras soltaba el tenedor y lo ponía sobre la mesa—, creo que estás preguntando por preguntar, porque a ti ni siquiera te importa cómo están ellos, ¿o me equivoco?

—Pero, Anna, ¿qué te sucede? —dijo un poco indignado—, sólo te pregunté cómo te fue *a ti* con tus padres.

—Me fue bien y gracias a ti tuve una discusión con mi madre —dije enojada por recordar aquel desafortunado momento.

—¿Por mi culpa? —dijo levantando una ceja—. ¿Es que acaso yo estaba presente allí para causarte una pelea tu madre, Anna?

—¡Sabes perfectamente de lo que estoy hablando, Nick! —me levanté enojada de la mesa.

—¿A qué te refieres? —dijo enojado—, ¿hablas de que tus padres son unos malditos hipócritas y nos separaron por años con mentiras?, ¿te refieres a eso, Anna? —gritó y se levantó también.

—¡No te permito que hables así de mis padres! —dije acercándome a él.

—¡Es lo que son, unos malditos hipócritas que te vieron la cara durante años diciendo que yo me había ido huyendo de mis obligaciones como padre por miedo!, ¡esos malditos nos engañaron a los dos, Anna, reacciona!

—¡Eres un maldito, Nick! —vociferé y, sin pensarlo dos veces, levanté la mano para darle una cachetada.

—¡Ni se te ocurra, Anna! —me dijo cuando tomó mis muñecas fuertemente para evitar el gran golpe que le esperaba.

—¡Suéltame! —grité enojada mientas intentaba zafarme.

—¿Por qué crees que te mentiría?

—¡Eres un maldito! Te odio por abandonarnos y nunca te lo perdonaré, ¿me escuchas?

—¡Yo nunca te abandoné, Anna, tus padres me tendieron una trampa diciéndome que habías muerto, tienes que creerme!

—¡Suéltame, te dije! —me impulsé hacia atrás mientras jalaba mis brazos para que me soltara—. ¡Me iré ahora mismo con Kevin a casa!

—¡No puedes irte, Anna! —dijo enojado—, Kevin necesita ayuda médica aquí en la ciudad y yo no pienso permitir que regrese a ese lugar sin siquiera un diagnóstico que pueda indicarnos cómo curarlo. Tú y yo podremos tener nuestros problemas, pero no pienso evitar que mi hijo tenga una buena oportunidad para estar bien.

—¿Ahora sí te importa Kevin?, ¿y los siete años que estuvo sin ti?, ¿acaso tú lo viste crecer?, ¿y cuando dio sus primeros pasos?, ¿estuviste ese maldito día en que se cayó del caballo?, ¿cuando lloraba todas esas noches por dolor? No. ¡Estuve yo sola siempre!

—¡Siempre me ha importado mi hijo!, lo estuve buscando todo ese tiempo cuando los imbéciles de tus padres me dijeron que lo habían dado en adopción a tu tía.

—De veras que eres un imbécil. ¿Cómo te atreves a decir que mis padres podrían dar en adopción a mi hijo? Ellos serían incapaces de hacer eso y mucho menos si me hubiera pasado algo, a mí que soy su única hija.

—¡Ya estoy harto! —dijo para luego tomarme por un brazo y prácticamente arrastrarme hacia la sala.

—¿Qué crees que haces?, ¡suéltame! —dije mientras tiraba de mi brazo bruscamente hasta soltarme.

—Ahora mismo iremos a casa de tus padres porque estoy harto de que tengas esas horribles ideas sobre mí, Anna.

—No iré a ninguna parte contigo a esta hora y menos cuando mi hijo está dormido en la habitación.

—¿Sabes qué? Si tú no quieres acompañarme, haré que tus padres vengan aquí y te digan toda la verdad.

Antes de que pudiera decir siquiera una palabra, Nick caminó rápidamente hacia la puerta con su chaqueta en mano.

—¿A dónde crees que...? —no pude terminar la frase porque él cerró la puerta en mi cara.

Me recargué en la puerta molesta, tenía la respiración acelerada por la discusión. ¿Cómo era posible que insultara a mis padres así?, ellos nunca serían capaces de hacerme tanto daño. La familia nunca daña.

Eso de que Nick fue a casa de mis padres lo creo muy poco, no puede ir a molestar a dos personas mayores con su cuento inventado porque evidentemente ellos creerán que está loco. Además, sé perfectamente que ese mentiroso nunca sería capaz de ver a la cara a mi padre luego de que abandonó a su hija y a su nieto hace siete años.

Harto del rencor de mi querida Anna y de que no me creyera ninguna de las palabras que dije, decidí ir a casa de sus padres con la intención de que ellos mismos aclararan este problema. No estaba muy seguro de lo que haría y sabía perfectamente que no era la mejor idea, pero nada perdía con intentar que ellos hablaran y fueran directos con su propia hija, pues la verdad ya había pasado mucho tiempo y el remordimiento quizás los había estado matando.

Tomé el primer taxi que encontré y nos dirigimos a esa casa. Luego de tanto tiempo podía recordar aquel lugar claramente como si hubiera estado allí ayer. Cuando llegamos y pagué el taxi para bajarme, mi respiración se aceleró y pasé de sentir preocupación a sentir la ira más fuerte que quizás había sentido alguna vez. Mis puños se cerraron mientras caminaba y me dirigía a la puerta. Sin contemplación de nada toqué el timbre unas siete veces y al no ver ninguna respuesta, comencé a tocar la puerta fuertemente.

—¡Ya voy! —escuché los gritos de un hombre mientras se encendían las luces del jardín.

Me arreglé la chaqueta y metí las manos en mis bolsillos, quizás intentando evitar que mis puños se descontrolaran al ver a aquel tipo que tanto había odiado desde que Anna me contó cómo maltrataba a su propia esposa.

—¿Sí? —lo escuché decir mientras abría.

Al ver a aquel hombre abrir la puerta, mi expresión de prácticamente querer matarlo desapareció. Se notaba acabado y viejo, los años habían hecho con él lo que habían querido, supongo que como una especie de castigo por todo el mal que había hecho. Podía matarlo de solo un empujón, pues ya era sólo un pobre anciano. Me dio lástima.

—Buenas noches, señor Carlos —dije serio mientras lo miraba fijamente—. Supongo que me recuerda, ¿verdad?

—Hola —dijo cerrando un poco los ojos como si estuviera mirando a lo lejos—, no, no sé quién es usted, sólo dígame qué es lo que quiere.

—Soy Nickolas, el padre de Kevin, su nieto —y justo antes de que él pudiera siquiera reaccionar, continué—. El hombre que amó y ama a su hija, y por causa suya y de sus mentiras no puede estar con ella.

—Eh...

Se quedó callado un segundo, supongo que intentando pensar en su respuesta.

—Eso es imposible, mi hija murió hace muchos años.

Cómo era posible ver a un padre decir tan tranquilo que su hija estaba muerta cuando no era cierto. La ira me volvió inmediatamente no por la mentira, sino por saber que en realidad a esta persona ni siquiera le importaba meter a su hija en mentiras tan grandes como esa. No pude soportar su respuesta e inmediatamente olvidé que era un anciano. Ese tipo era un monstruo. Sin importarme nada, tomé a ese maldito por el cuello y lo empujé contra su propia puerta.

—¿Cómo eres capaz de seguir haciendo esto? ¡¡Dañaste nuestras vidas!! —dije mirándolo mientras le apretaba el cuello.

—Tú sólo eres un maldito criminal —dijo, casi sin aire.

—¿Criminal? ¡En criminal me voy a convertir cuando te mate, maldito!

Mientras apretaba fuertemente el cuello de ese infame por quien sentía un enorme e inevitable rencor, lo pensé dos veces: podía matarlo y así evitar que tipos como ése sin ningún tipo de sentimientos siguieran en este mundo, o podía soltarlo y dejarlo tomar aire para no tener que abandonar nuevamente a mi querida Anna y mi pequeño hijo a causa de la cárcel.

Mis ganas de seguir luchando por el amor de Anna y por mantener una familia feliz y unida me hicieron entrar en razón, e inmediatamente solté al tipo dejándolo caer mientras lo observaba tomar aire desesperadamente.

—Sólo quiero que le digas a tu hija toda la verdad —dije mirándolo desde arriba y sin ninguna expresión en mi rostro para evitar que notara la enorme vergüenza que sentía por haber reaccionado de esa forma.

—¿Para qué quiere la verdad? Ella ha podido estar sin ti todos estos años y puede seguir así; tú sólo eres un maldito estorbo en su vida —dijo subiendo la voz apenas recuperó el aire.

—Eres tan miserable que ni siquiera sabes todo lo que ella ha pasado. ¿Acaso no la has visto a los ojos?, ¿no has visto en ellos todo lo que ha tenido que sufrir sola día y noche sin que nadie pueda entenderla porque nadie nunca llegará a comprender el dolor tan grande que sintió cuando tú le rompiste el corazón con mentiras?

—¡Quiero que salgas de mi maldita casa antes de que llame a la policía!

Ese hombre evidentemente no tenía ningún sentimiento dentro de sí. Ni siquiera le importó saber cómo se sintió ella en todos estos años, sino que prefirió abandonarla en un campo para evitarse la culpa de tener que cargar con ella y Kevin.

—¡Te digo que te largues! —repitió esta vez gritando mientras se levantaba del suelo—. ¡No me hagas llamar a la policía y decir que querías robar mi casa!

Lo miré sin pronunciar siquiera una palabra mientras intentaba guardar la calma para no intentar estrangularlo de nuevo.

—Cariño, ¿qué sucede? —dijo una voz femenina seguida de sonidos de pasos en las escaleras.

—Nada, Mariela, vuelve a la cama —dijo ese miserable volteando hacia la escalera.

Esa mujer fue la única que, cuando estaba sentado en una acera sin siquiera tener qué comer y a punto de morir de tristeza, me dio una pequeña esperanza para vivir: la foto de mi hijo.

—¡Mariela! —comencé a gritar mientras intentaba pasar a la casa, lo cual Carlos no permitía—, ¡soy yo; soy Nickolas!

—¡Te dije que subieras! —gritó nuevamente él.

—¡Por favor, Mariela!, ¡han pasado muchos años pero tienes que hacerlo; tienes que hacerlo por ti misma para poder al fin librarte de este maldito; tienes que hacerlo por tu verdadera familia!, ¡Anna y Kevin son las únicas personas por las que vale la pena luchar y tú misma lo sabes!, ¡no te estoy pidiendo que lo hagas por mí, sino por tu familia!

Antes de poder escuchar siquiera una respuesta de su parte, Carlos me empujó fuertemente haciéndome tropezar con los escalones de la entrada y aprovechando el momento para cerrar la puerta y apagar las luces.

—¡Por favor, Mariela! —grité con todas mis fuerzas—, ¡sé que me escuchas; sé qué harás lo correcto porque sé que amas a tu hija y a tu nieto!

En realidad, no sabía siquiera si había escuchado todo lo que había dicho, pero tenía la esperanza de que así fuera y pudiera salvar a mi pequeña familia y salvarse a ella misma también de las garras de aquel hombre que la había hecho sufrir casi toda su vida. Como no quedaba más que hacer en ese lugar, decidí caminar para buscar un taxi que me llevara de regreso a mi departamento.

o puedo creer que Nick se haya ido varias horas y aún no esté de regreso. Luego de esa gran discusión que tuvimos se fue y no he podido siquiera cerrar los ojos un segundo pensando si estará bien. Son las dos de la mañana y puede estar en cualquier lugar peligroso sin ganas de volver por lo molesto que está a causa de que yo no crea en su palabra, pero la verdad creer en todo eso se me hace imposible, ya que se trata de algo grave sobre mis padres.

Cuando se fue del departamento, me quedé sentada en la sala unos minutos esperando su regreso, pero como eso no pasó, decidí bajar por el ascensor del edificio esperando encontrarlo para ofrecerle una disculpa por haber pretendido pegarle en su propia casa y decirle que volvería al campo apenas amaneciera. Al no encontrarlo, volví y me senté a esperar nuevamente en la sala. Y desde que me senté aquí no me he levantado ni un minuto esperando a que regrese.

Estaba sentada allí mirando al suelo mientras pensaba cuando escuché unas llaves moverse tras la puerta principal. Volteé rápidamente y esperé unos segundos hasta que la puerta se abrió por completo dejando ver la sombra de Nick.

—¿Aún despierta? —dijo cuando me miró allí.

—¿Estás bien? —me levanté del sofá y lo miré.

—Sí, lo estoy —respondió mientras dejaba su chaqueta a un lado.

—Estoy despierta porque quiero hablar contigo sobre lo que pasó —dije mientras me acercaba a él.

—Nada pasó, Anna, no te preocupes, vete a dormir.

Para la manera en que me trataba normalmente, esta vez estaba muy serio y ni siquiera me miraba a la cara, de veras estaba muy enojado por la situación de hacía rato.

—Siento mucho lo que pasó y sobre todo siento haber intentado darte una cachetada, Nick, la verdad no entiendo qué sucedió... es sólo que me molesté tanto que no pude contenerme, pero de verdad estoy muy apenada contigo.

—Anna, tranquila, sólo vete a dormir, todo está bien, no estoy enojado y mucho menos porque casi me dieras una cachetada, así que no te preocupes por nada, ¿quieres?

—Pero es que, Nick, ¿no crees que deberíamos hablar de lo que sucedió? —insistí mientras intentaba que me mirara a la cara.

—Anna, ¿para qué vamos a hablar de esto?, terminaremos en una discusión nuevamente y lo sabes.

—¿Por qué dices eso?

—¿Acaso me crees lo que te dije sobre tus padres? —me vio a los ojos. También lo vi, pero sólo guardé silencio.

—¿Ahora entiendes por qué no vale la pena hablar de esto? —dijo, bajando la mirada—. Buenas noches, Anna —murmuró, y luego caminó hacia el otro lado de la sala para sentarse en el sofá.

Miré a Nick allí sentado en la oscuridad y mis ganas de sentarme a su lado eran inmensas, mas estaba tan apenada por lo que había pasado y sabía que estaba tan molesto, que preferí irme a la habitación con Kevin para así intentar dormir un poco. Ya al día siguiente haría lo posible porque todo mejorara.

Apenas se asomó el sol por la ventana, me levanté para comenzar a hacer mi maleta nuevamente.

—¿Kevin? —dije mirando a mi hijo mientras hacía la maleta—, despierta, cariño.

Él comenzó a dar vueltas por la cama intentando despertar, mientras yo rápidamente guardaba su ropa.

—Iremos a casa de los abuelos, mi pequeño —dije intentando despertarlo nuevamente.

—¡No quiero levantarme! —gritó mientras comenzaba a llorar.

—Kevin, no es momento para tus berrinches, tenemos que irnos —le dije intentando cargarlo—. Vamos, levántate.

—¡No quiero! —comenzó a gritar más fuerte.

—¡Silencio! —también grité—. ¡Dije que te levantas y nos vamos!

Con todo el mal humor del universo, Kevin se levantó y caminó directo al baño.

—Aprovecha y quítate la ropa allí, mi amor, porque te voy a bañar.

Luego de bañarlo y vestirlo, comencé a arreglarme para irnos a casa de mis padres.

—Mami, tengo hambre.

—Cuando lleguemos a la casa de tu abuela, comeremos, mi cielo —dije sonriente y peinándome.

—Iré con Nick, él debe tener comida, mami —dijo mientras se bajaba de la cama.

—¡Hey, no, espera! —le grité, solté el peine y fui tras él.

Para ser un niño con una pierna lastimada, se movía muy rápido, pues cuando salí de la habitación ya estaba sobre Nick.

—¡Nick! —decía mientras movía sus sábanas para despertarlo.

—Kevin —dije en voz baja mientras me acercaba a la sala—, ¡Kevin, ven aquí!

—¿Qué sucede, amiguito? —escuché decir a Nick mientras se estiraba y abría los ojos.

—Tengo hambre —dijo, y luego lo abrazó.

—¿Qué quiere comer el campeón? —le preguntó correspondiendo al abrazo.

—¡Kevin! —dije acercándome—, deja dormir a Nick, ven.

—No importa, Anna —dijo Nick, y luego me miró—. ¿Saldrán?

—¡Sí!, iremos a la casa de mis abuelos, dice mami.

—Hijo, ven —lo cargué, y luego me dirigí a su padre—. Nos vamos a casa de mis padres, pasaremos unos días allá antes de volver al campo.

—¿Se van? —se sentó en el mismo lugar donde estaba acostado antes—, ¿por qué se van, Anna?, nadie los ha corrido de aquí.

—Pienso que es mejor que nos vayamos, ya que tú necesitas tu cama y disponer de tu departamento.

—¡No, espera! —se levantó—, yo no he dicho en ningún momento que me moleste que ustedes estén aquí y menos que no usen mi cama, me gusta dormir donde duermo, ¡me gusta este sofá, Anna!

—Sí, Nick, sólo que... nos vamos y ya, ¿entiendes?

—Esa no es una explicación, y si piensas que la solución a los problemas de anoche es irse, pues estás muy equivocada.

—Mi decisión está tomada, nosotros nos vamos —le dije sin mirarlo y bajé a Kevin—. Hijo, ve a buscar tu mochila a la habitación.

—No puedes sólo irte así como si nada. Ni siquiera hemos ido a la cita de Kevin para ver su pierna.

—Yo lo llevaré después cuando pueda y tenga dinero, Nick.

—Pero ¿por qué después si puede ser ahora?, yo quiero ayudar a mi hijo, Anna.

—No, ya basta de esto. Sólo déjanos en paz ¿sí?, mi hijo estuvo mucho tiempo sin ti y aún puede estarlo.

—Tú no puedes separarme de mi hijo, Anna.

—Sí puedo y ahora mismo nos vamos —afirmé y miré hacia la habitación—. ¡Hijo, apúrate!

—Si me prohíbes ver a mi hijo, entonces acudiré a las leyes, Anna —dijo mirándome fijamente.

—No me estés amenazando —lo miré fijamente también.

—Tienes razón —dijo Nick, y luego suspiró—. ¿Sabes qué...? No voy a hacer nada de eso, pero por favor, no se vayan. Anna, yo los amo; los amo a los dos.

—No quiero que me ames, lo nuestro no es posible, Nick. Ya pasó mucho tiempo y yo estoy muy confundida por todo lo que ha pasado. Sólo deja que nos vayamos y ya, ¿sí?

Él no dijo ni una palabra más, sólo lo vi ponerse las manos sobre la nuca y dirigirse hacia el balcón del departamento.

—Kevin, ¿estás listo? —dije mientras caminaba hacia la habitación.

Mi hijo tomó su pequeña mochila y yo cargué las dos maletas para por fin irnos de allí. Cuando salimos hacia la sala, vi cómo Nick se acercó hasta nosotros y, sin decir ni una palabra, me quitó las maletas de las manos y se enfiló hacia la puerta. Durante el corto viaje en ascensor no cruzamos ni una palabra, sólo se escuchaba la voz de mi hijo que jugaba con sus autos de juguete, supongo que no entendía la triste situación del momento. Cuando salimos del edificio, inmediatamente paré un taxi; el chofer comenzó a subir las maletas junto con Nick. Me recosté en el asiento mirando a Nick, que me miraba con lágrimas en los ojos y con rabia.

—Kevin... —escuché decirle.

—¿Sí? —le respondió mientras se acercaba a él.

No oí lo que le dijo a mi hijo cuando lo cargó, sólo le susurraba al oído, y vi más lágrimas rodando por su mejilla. Rápidamente volteé hacia el otro lado, no quería que notaran mis lágrimas de dolor y confusión, pues lo que menos quería era alejarme de él. Luego sentí cuando mi niño se sentó a mi lado.

—Adiós, Nick —dijo Kevin mirándolo.

—Adiós, mi adorado pequeño —escuché a Nick decirle y luego el sonido de la puerta del taxi al cerrarse.

Cuando el taxi comenzó a alejarse del lugar, rompí en llanto sin siquiera poder disimularlo delante de mi hijo. Lloraba como una bebé sin parar y sin ninguna vergüenza.

—Mami, ¿estás bien? —preguntó Kevin mirándome.

—Mami se siente mal ahora, cariño —dije entre llanto mientras me acercaba a él para abrazarlo.

La familia que había soñado para mi hijo no sería posible. Lloraba más que todo por la tristeza de saber que lo que días atrás había soñado para la felicidad de mi pequeño no podría ser, pues creí por un segundo que él tendría la posibilidad de crecer con su verdadero padre a su lado y que todo se iba a arreglar entre nosotros. Pero las mentiras y la confusión por lo que había pasado años atrás me ganaron completamente y terminé arruinando la relación y la familia que había soñado.

Ahora estaba sola de nuevo y mi pequeño no tenía a un padre a su lado otra vez. Quizás mi destino era estar sola siempre y sólo dedicarme a mi hijo para hacer de él un buen hombre; quizá tenía que estar sin pareja para siempre, y tal vez el tiempo del amor ya había acabado para mí.

Luego de unos veinte minutos de camino, por fin llegamos a la casa de mis padres. Me daba un poco de vergüenza llegar sin avisar y sobre todo me daba miedo causarles algún problema por aparecer tan repentinamente luego de aquel día en que me fui sin despedirme. El taxista me ayudó a cargar las maletas hasta la puerta, y luego bajé a Kevin para pagar y tocar el timbre.

—¿Sí? —escuché desde adentro.

—¿Mamá?, ¡mamá, soy yo, Anna! —hablé fuerte para que me oyera.

Pasaron unos treinta segundos y no escuché ninguna respuesta de parte de ella.

—¿Mamá? —dije subiendo más la voz, esta vez, en caso de que no me hubiera oído.

Esperé unos segundos más y noté cómo se abrió la puerta lentamente.

—¿Sí? —escuché la voz de mi madre.

—Mamá —dije aún parada allí. Me daba vergüenza pasar, pues sabía que estaba enojada conmigo—, me siento muy mal por todo lo que pasó, de verdad, sé que no debí juzgarte así, ni a ti ni a papá, pero estaba muy confundida.

—¿Y a quién decidiste creerle, Anna? —escuché su voz seria.

—A ustedes —guardé silencio unos segundos—; a ustedes porque son mis padres y sé que nunca me mentirían con algo tan fuerte. Ahora sé que Nick sólo dijo eso para excusarse por el gran error que cometió cuando era un niño inmaduro, pero decidí no perdonarle el simple hecho de haber dicho que ustedes dos, las únicas personas que me apoyaron cuando más lo necesité, me habían traicionado. Perdóname, mami.

Mi madre guardó silencio antes de soltar un gran suspiro.

—Entren —dijo mientras abría la puerta completamente.

—Gracias, mamá —dije sin mirarla por la tremenda vergüenza que sentía en ese momento.

Lo sabía; sabía que mi madre no me abandonaría en ese momento en que más la necesitaba; sabía que iba a perdonarme este gran error que había cometido, pues era mi madre, y una madre te perdona así cometas miles y miles de errores una y otra vez. El resto del día que estuve allí, ella estuvo muy callada conmigo. La ayudé a limpiar un poco y a acomodar las cosas para cuando llegara papá en la noche.

—No te preocupes, mamá, sólo serán unos dos días y luego Kevin y yo volveremos a casa —dije intentando sacarle un poco de conversación mientras limpiábamos la cocina.

—Ustedes pueden estar aquí el tiempo que quieran, Anna —respondió seriamente sin siquiera mirarme.

—Gracias por dejarnos quedarnos aquí —sonreí un poco y me acerqué a ella para tomar su mano—, sabía que no me fallarías, aunque estuviéramos disgustadas, mami.

—¡Sí, claro! —dijo, y noté cómo rápidamente se separaba de mí—. ¡Me voy a mi cuarto, Anna! —dijo alterada.

—Pero, mamá, ¿estás bien?, ¿qué sucede?

—¡Nada, nada!, ¡me voy a mi cuarto! —y antes de que pudiera responderle, se fue directo a las escaleras.

—¿Estás segura de que estás bien, mamá? —dije intentando comprender.

—Anna, estoy bien, sólo me duele la cabeza, así que por favor déjame descansar —dijo mientras subía las escaleras.

Me quedé en silencio un segundo, y luego volví a la cocina para terminar de limpiar. No mentiré, se me salieron algunas lágrimas por sentir que mi madre me había rechazado. Sentí mucho miedo de que nunca me fuera a perdonar por todo lo que había pasado.

A eso de las seis de la tarde ya había terminado de limpiar toda la casa, así que me bañé, bañé a Kevin y luego nos sentamos en la sala a jugar un rato. Mientras jugábamos con los carritos, no podía dejar de pensar en Nick. Esa expresión que tenía en aquel momento cuando nos fuimos en ese taxi, me recordó el último día en que lo vi cuando estaba embarazada. Pensar que nuestro hijo estaba ahí jugando conmigo sin darse de cuenta de lo que estaba pasando, me hacía sentirme culpable y preguntarme si había estado bien separarlo así de su padre sin que él lo supiera. ¿Será que tenía que decirle a Kevin que Nick era su papá?

—¿Mami, estás bien? —interrumpió mis pensamientos.

—¿Eh?, sí, estoy bien, sólo estoy pensando en cosas —sonreí.

—¿Qué cosas, mami?

Me quedé en silencio unos segundos mientras miraba nuevamente el carrito con el que estábamos jugando. ¿Debería decirle a mi hijo la verdad?, ¿o eso sería un error enorme de mi parte? Lo pensé un segundo más y llegué a la conclusión de que aquel no era el momento para ello.

—En nada, cariño, tranquilo —volví a mirarlo y sonreí.

Nos quedamos jugando un poco más hasta que escuché el ruido del motor del coche de mi padre. Rápidamente se me aceleró el corazón, pues no sabía cómo reaccionaría al vernos allí cuando entrara a la casa.

—¡Llegó el abuelo! —gritó Kevin cuando lo miró por la ventana bajarse del auto.

—Sí, cariño —dije en voz baja sin poder dejar de ocultar mis nervios.

Estuve a un paso de tomar a mi hijo y salir prácticamente corriendo como aquel día, pero no lo hice. Mi padre entró y al mirarnos allí en la sala sólo puso una cara de confusión.

—¿Y esto? —preguntó mirándonos.

—Ah, hola, papá, es que quisiéramos quedarnos unos días —dije nerviosa.

—Qué extraño, porque cuando viniste, te fuiste, Anna —dijo serio—. ¿O es que aquí en esta ciudad hay personas más importantes que tus propios padres?

—No es eso, papá —dije sin mirarlo y, sin darme cuenta, comencé a temblar.

—¡¿No es eso, Anna?! —dijo gritando—. ¡¿Entonces por qué aquel maldito día te fuiste sin despedirte, dime?! —se acercó hacia mí enojado.

—Porque... porque... ¡no lo sé, papá, sólo me fui y ya! —dije más nerviosa.

—Ya no eres una niña, Anna, no puedes venir y luego irte así como si nada dejándonos a tu madre y a mí pensando en por qué te fuiste, ¡no seas estúpida!

—Yo tuve mis razones para irme ese día, papá —lo miré—. No tengo por qué estar dándote explicaciones ya.

—Cómo se nota —dijo entre risas—... que ni siendo madre dejas de ser una niña malcriada.

—Como digas —dije susurrando, y luego me volteé para ver a Kevin.

—¡Te estoy hablando, no me des la espalda! —lo escuché gritar y luego sentí un enorme dolor en la cabeza a causa de que me había tomado del cabello con fuerza.

—¡Mamiiii! —gritó Kevin mientras se le salían las lágrimas y daba pasos hacia atrás para alejarse.

Al mirar a mi hijo llorando, sentí un dolor gigante en el pecho. ¿Cómo era posible que mi niño estuviera viviendo la situación de la que tanto había estado protegiéndolo desde el día en que nació?, ¿cómo era posible que luego de tanto enseñarle sobre lo mala que era la violencia, él ahora la presenciara de parte de su propio abuelo?

—¡Papá, suéltame! —dije gritando de rabia y dolor al mismo tiempo.

—¡Tienes que aprender que a mí se me respeta! —gritó mientras tiraba más fuerte de mi cabello.

—¡Aaaaah, mamitaaaa, noooo! —gritaba Kevin sumergido en el miedo y el llanto.

Como pude me volteé y comencé a arañar la cara de mi padre; arañaba y arañaba como un gato cuando se siente amenazado, mientras él echaba la cabeza hacia atrás para esquivarme.

—¡Suéltame! —grité por última vez mientras hundía mis largas uñas cerca de uno de sus ojos.

Cuando por fin soltó mi cabello para cubrirse el ojo mientras se quejaba, corrí hacia mi hijo.

—Ven, mi amor —dije mientras lo cargaba.

Rápidamente corrí hacia las escaleras y las subí sin pensar en que podría tropezarme y caer; iba saltando los escalones de dos en dos debido al miedo que tenía en aquel momento. Cuando por fin estuve arriba y me encontré en el pasillo, corrí hacia la puerta de la que había sido mi habitación hacía muchos años.

—Rápido, hijo, entra —le susurré a Kevin mientras lo bajaba.

Entramos y cerré con llave para luego recargarme sobre la puerta creyendo que mi cuerpo ayudaría a que mi padre no la derribara.

—Hijo —dije como pude con la respiración agitada—... si tu abuelo entra, quiero que te escondas bajo la cama, ¿sí?

Mi pequeño paró de llorar, mas en él se podía notar el terror que sentía en ese momento porque no dejaba de temblar y de sus ojitos no se habían apartado las lágrimas acumuladas.

—Mi amor, ¿me estás escuchando? —dije viéndolo fijamente.

Él no respondía, sólo me miraba, parecía que no estaba en la habitación, era como si estuviera en otro planeta.

—Kevin, hijo, ¿qué pasa?

—El abuelo es malo —dijo serio y aguantando sus lágrimas con parpadeos rápidos.

—Ven, mi niño —me acerqué hasta él y lo abracé.

—¡Abre la puerta! —se escuchó desde afuera.

Era él. Era mi padre, queriendo terminar la pelea que teníamos pendiente. Estaba más que claro que no había cambiado en nada.

Quería demostrar quién mandaba debido a la respuesta que le había dado: "No tengo por qué estar dándote explicaciones ya".

—¡Rápido, Kevin! —susurré prácticamente empujándolo—, ¡corre rápido al baño y escóndete!

Cuando cerré el baño, corrí hasta la puerta de la habitación y nuevamente me apoyé sobre ella.

—¡Abre la maldita puerta, Anna, soy tu padre! —escuchaba sus gritos claramente.

Éste quizá fue el momento más traumático de mi vida, escuchaba a Kevin llorar en el baño y quería salir corriendo para consolarlo, pero también oía los gritos de mi padre y sentía miedo de que me viera con el niño en brazos, porque nada más de pensar en que era capaz de pegarle hasta a mi propio hijo me provocaba ganas de asesinarlo. Allí estaba yo: Anna, la madre adolescente, reviviendo la infancia; recordando cuando mi padre me golpeaba y tenía que recargarme en la puerta para evitar que entrara y me hiciera más daño. La diferencia era que ahora tenía que luchar el doble: esta vez era por mí y por mi hijo que tenía que evitar que me hiciera daño a mí y, sobre todo, que le hiciera daño a él.

—¡Ambos me van a escuchar cuando derrumbe esta maldita puerta!

Enloquecí; enloquecí por completo con esas palabras. Comencé a llorar y a gritar.

—¡Lárgate!, te odio, ¿me escuchas?, ¡TE ODIO ! —grité con todas mis fuerzas mientras pateaba la puerta—. ¡No pienses que vas a tocar a mi hijo, maldito, porque eso no te lo pienso permitir!

—¡¿Qué está pasando?! —escuché a mi madre en el pasillo.

—¡Tú cállate, Mariela, no te metas en esto! —gritó mi padre también.

—Pero Carlos, ¿qué está sucediendo?, ¿dónde está Kevin?

—Está allí adentro con la mala madre de tu hija, pero no te preocupes, que los voy a sacar a los dos —dijo.

Escuché silencio por un rato, pero no bajé en ningún momento la guardia.

—Cariño, ¿estás bien? —grité un poco.

—¡Mami, tengo miedo! —gritaba Kevin llorando desde el baño.

—Vamos a salir pronto de aquí, mi amor, lo prometo —dije intentando sonar tranquila para que se calmara.

Estaba apoyada aún sobre la puerta cuando escuché una voz familiar muy cerca.

—¿Anna?

—¡No pienso abrir! —grité desesperadamente mientras empujaba más fuerte la puerta.

—Hija, abre, te lo ruego, ¡tu padre se fue! —gritó mi madre desde afuera.

Al escuchar su voz pude darme cuenta de que estaba llorando.

—Hija, hija, por favor confía en mí, yo puedo ayudarte a salir de aquí, mi pequeña, puedo evitar que les hagan daño. Sólo abre la puerta, por favor.

—¿Cómo puedo confiar en que mi padre no está allí contigo?

—¡Por favor, confía en mí, hija, te lo ruego!

Aunque tenía miedo de abrir esa puerta y encontrarme con mi padre, decidí confiar en mi madre por las dos razones más obvias: la primera, que se trataba de mi madre y sabía perfectamente que una madre no traicionaría a sus hijos nunca, y la segunda, que su nieto estaba conmigo totalmente asustado. A pesar de temer por el mal carácter de mi padre, ella era incapaz de permitir que dañaran a su familia; muchas veces la vi meterse en medio y recibir los maltratos que eran para mí.

Me alejé un poco, y cerrando los ojos giré la manija un poco. Luego sentí cómo empujaron un poco la puerta, entraron y la volvieron a cerrar con llave.

—Anna, abre los ojos —dijo acercándose a mí.

—¡No! —dije completamente aterrada, estaba en *shock,* así como cuando era niña.

—Soy mamá, mi pequeña —me abrazó—; soy yo, cielo.

Comencé a llorar descontroladamente y luego correspondí a su abrazo.

—¡Lo siento!, ¡lo siento, hija! —gritaba mi madre mientras sollozaba.

—¡No es tu culpa, mamá, tú siempre me has ayudado y nunca me has dado la espalda, y te amo, mamá, eres la mejor madre del mundo!

—No hija, no lo soy —comenzó a llorar más fuerte—, yo arruiné tu felicidad, hija; arruiné a tu familia.

—No entiendo, mamá, ¿a qué te refieres?, ¡no digas eso! —la abracé más fuerte.

—¡Anna, todo lo que dijiste era cierto! —me tomó el rostro—, tu padre y yo te hemos mentido todo este tiempo.

—Mamá, pero ¿de qué estás hablando? —dije confundida.

—Hija... Nick nunca te abandonó, nosotros te mentimos.

—¿Qué? —pregunté mirándola boquiabierta.

Aún no puedo explicar todo lo que sentí en ese preciso momento; sentí como si una parte de mí se hubiera roto dejándome completamente en el vacío y la oscuridad. Mis padres me habían estado engañando todos estos años sin importarles mis lágrimas ni el enorme dolor que veían en mis ojos todos esos momentos en que me quebraba por el recuerdo.

—¿Por qué? —susurré mirando a mi madre mientras dejaba salir las lágrimas de mis ojos—, ¿cómo pudiste hacerme esto? Sabes todas las necesidades que Nick y yo pasamos en la calle y aun así los perdonamos porque al fin y al cabo ustedes son mis padres.

—¡Hija, lo hicimos por tu bien, mi amor! —dijo mientras seguía sosteniendo mi rostro y me miraba fijamente—. Tú estabas en las calles, Anna, sufriendo y con esa enorme barriga de embarazo... que Nick estuviera alejado de ti era lo mejor, hija, así podrías volver con nosotros y tu padre te aceptaría nuevamente.

—¿Volver con ustedes?, ¡pero si apenas me mudé para acá me abandonaron nuevamente al llevarme lejos de la ciudad...!, ¡ustedes son de lo peor!

—Hija, no digas eso, por favor, sabes cómo es tu padre y yo hice caso de todo lo que planeó porque sabía que él lo estaba haciendo por tu bien.

—No quiero volver a verlos ni a ti ni a él por el resto de mi vida. Cuando salga de aquí con mi hijo será la última vez que me verás, madre —quité sus manos de mi rostro y me alejé de ella.

—¡No, Anna, por favor! —gritó intentando volver a acercarse a mí.

—Ustedes dañaron mi relación con Nick; dañaron la familia que teníamos planeada para Kevin y ahora él y su padre están separados por culpa de ustedes. ¿Sabes qué? Hubiera preferido quedarme en la calle y morirme de hambre, pero que mi hijo tuviera a su padre y una familia feliz; que supiera que, aunque pasamos penas, nosotros sí somos una familia real, no como esta porquería de *familia* en la que crecí, donde todos se traicionan sin importar las consecuencias y sin importar las personas que lastiman.

—Anna, yo...

—Cometiste un error muy grave, mamá, porque no sólo arruinaste mi vida, sino que también arruinaste la vida de mi hijo quitándole a un padre que siempre lo amó, y yo pensando que Nick me mentía, lo dejé, mamá. ¡Lo dejé a pesar de que aún lo amo como nunca he amado a nadie!

—Por favor, perdóname; te lo suplico, hija —decía mi madre llorando descontroladamente.

—Mamá, yo no sé si pueda perdonarte esto... ahora mismo estoy muy confundida. Sólo —le di la espalda mientras caminaba hacia el baño—... sólo quiero salir de aquí con mi hijo.

—Yo los amo, son todo para mí, nunca dejé de pensar en ustedes y nunca dejé de rezar por ustedes, hija.

Abrí la puerta del baño y vi a mi hijo acostado, dormido en el suelo. Mi pobre pequeño pasando toda esta situación... sólo sabía que su abuelo había lastimado a su madre, ignoraba todo lo que sucedía en realidad con mis padres, con su padre y conmigo. Rápidamente lo tomé en brazos y salí del baño. Cuando miré a mi madre, estaba parada en la puerta del baño para impedirme el paso.

—¡Hija, por favor! —gritaba.

—Si tanto amas a Kevin, como dices, entonces ayúdanos a salir; al menos haz algo bueno por él, mamá, porque por mí ya has hecho suficiente —dije con firmeza.

Mi madre se quedó parada allí unos segundos mirándonos. No decía nada, sólo pensaba. Suspiré un poco al darme cuenta de que su miedo a mi padre era más grande que todo y que la verdad no iba a ayudarnos.

—Basta, mamá —susurré y salí del baño empujándola un poco para que me dejara pasar.

¿Qué voy a hacer?, pensé mientras caminaba hacia la cama y me sentaba con mi niño dormido en brazos.

—Lo haré, Anna —escuché la voz de mi madre, que seguía en el baño.

—¿De qué hablas ahora, mamá? —respondí sin dar mucha importancia a sus palabras.

—Los tres escaparemos de aquí ya mismo, hija.

ncrédula, miré a mi madre y pensé: *¿Será capaz de enfrentarse a mi padre luego de tantos años haciendo caso a todas y cada una de sus peticiones y tonterías?, ¿no tendrá miedo alguno al intentar escapar de él otra vez? Porque la última vez que intentó huir, hace muchos años, terminó casi muerta de tantos golpes que le dio.*

—Anna, ¿qué esperas? —dijo mi madre sacándome de mis pensamientos.

—¿Eh?

—Vamos, que tu padre aún no regresa. ¡Rápido! —me apuró, acercándose a la puerta y abriéndola.

—Espera... ¿hablas en serio?, ¿en serio escaparemos?

—Hija, prefiero enfrentar a tu padre arriesgándome a todo antes que verlos a ti y a mi nieto sufrir. Sé que quizá no me creas, pero ustedes son lo más importante para mí, Anna.

No dije absolutamente nada. Acepto que sentí ganas de llorar y un dolor enorme por dentro que me decía que abrazara a mi madre. Pero la verdad el pensamiento más importante del momento para mí era sacar a mi hijo de esa casa, así que sólo seguí a mi mamá hacia las escaleras. Caminamos rápido por ese pasillo pero de manera sigilosa, y cuando por fin tocamos las escaleras, comenzamos a bajar lentamente.

—Tenemos que apresurarnos, mamá, no quiero saber de qué sería capaz si regresa y nos ve... —susurré mientras miraba a mi madre bajando las escaleras.

Cuando bajamos, caminamos firmemente por la sala de estar en busca de la puerta de salida.

—¡Rápido, mamá! —seguí hablando en voz baja mientras me acercaba a la puerta para abrirla; esa puerta que era la libertad para mí, para mi hijo y para mi madre que, a pesar de todo, sabía que sería para ella una gran oportunidad de comenzar de nuevo. Estaba tomando la manija para girarla cuando me di cuenta de algo.

—¡Está cerrada! —miré a mi madre con lágrimas en los ojos.

—¡Maldita sea! —susurró mientras se rascaba la nuca pensando.

Me alejé un poco de la puerta aún con mi niño en brazos y comencé a mirar hacia los lados en busca de algo para abrir esa puerta. Si hubiese podido, hubiera escapado por una de las ventanas, pero el cuerpo de mi madre no cabía por esos pequeños espacios.

—¡Hija, la llave de la cocina! —gritó mamá cuando la recordó.

—¿Cuál llave? —pregunté, molesta—, ¿a qué te refieres?

—Espérame aquí —dijo mientras caminaba de puntillas hacia la cocina.

Cuando vi que la puerta de la cocina se cerró después de que mi madre la atravesara, sentí un enorme escalofrío por todo el cuerpo, no sabía si saldría de esa cocina para ayudarnos; ni siquiera sabía si saldría para contarlo, pues si mi padre la sorprendiera intentando escapar, no sé de qué sería capaz. Respiré profundo luego de que había pasado casi un minuto de que mi madre había entrado allí. Mis ojos también comenzaron a llenarse de lágrimas y comencé a abrazar fuertemente a mi hijo. ¿Sería que mi padre ya sospechaba que íbamos a escapar?, ¿o más bien ella estaba ayudándolo con su plan? La desesperación me ganó y comencé a intentar abrir la puerta jalando la manija con una mano.

—Mami —Kevin comenzó a moverse cuando notó las sacudidas de mi cuerpo.

—Shhh, tranquilo, mi amor, todo está bien —dije mientras intentaba seguir jalando para abrir la puerta.

Ahora que pienso todo esto, quizás debí salirme por la ventana, pero la desesperación del momento la verdad no ayudaba en nada.

Mi alivio fue grande cuando vi a mi madre abrir la puerta de la cocina con las llaves en mano.

—Aquí están las llaves, hija; anda, tómala tu...

La puerta de la cocina nuevamente se abrió, mi padre se había dado cuenta de nuestros planes, y se lanzó directamente hacia mi madre para tomarla del cuello.

—¡Papá, por favor, suéltala! —comencé a gritar mientras veía a mi madre allí ahogándose.

Mi padre apretaba el cuello de mi madre tan fuerte que prácticamente se le hacía muy difícil respirar, podía matarla asfixiándola en ese preciso momento si sólo apretaba un poco más.

—¡Cómo fuiste capaz de esto, Mariela! —escuché a mi padre decir mientras comenzaba a llorar.

Él había perdido la cabeza hacía muchos años, y lamentablemente nosotros no nos habíamos dado cuenta de lo trastornada que podía llegar a ponerse una persona violenta al pasar del tiempo. En el momento en que vi a mi padre llorar sin soltar el cuello de mi madre, me di de cuenta de que él era una bomba de tiempo esperando el momento exacto para explotar.

—¡Cómo me traicionas y pretendes irte con ella y el imbécil de Nickolas! —le gritaba mientras la sacudía—, ¡y tú, maldita malagradecida, cuando te tenga en mis manos te daré la paliza que debí haberte dado cuando me dijiste que estabas embarazada!

—¡Papá, basta! —grité—, ¿acaso te has vuelto loco?, ¡suelta a mi mamá que la vas a matar!

—¡Que se muera! —gritó mi padre mirándome y apretando más el cuello de ella.

Me quedé paralizada en ese preciso segundo cuando ella tomó la llave que tenía en las manos y la tiró hacia mí. Estuve en *shock* unos segundos pensando en si debía arriesgarme a tomarla y que mi padre me agarrara, o en quedarme allí parada observando cómo maltrataba a mi madre, pero la decisión se tornaba mucho más importante al sentir a mi pequeño que ya se había vuelto a dormir. Quizá esta decisión era la más difícil que tenía que tomar en mi vida: proteger a mi hijo y salir corriendo de allí o quedarme para ayudar a mi madre. ¿Qué debía hacer?, ¿cómo se supone que ayudaría a mi madre?, ¡santo Dios!, ¿qué era lo que tenía que hacer para salvarlos a todos?

—Hija... ve... ve... —escuché a mi madre decir con poco aliento mientras se ahogaba atrapada entre las garras de mi padre.

Como pude tomé esa llave del suelo y comencé a meterla en la cerradura.

—¡VUELVE AQUÍ, MALDITA MOCOSA! —vi a mi padre soltar a mi madre y correr hacia la sala para detenerme.

Gracias al cielo, antes de que él pudiera alcanzar la puerta principal, yo la estaba cerrando para salir corriendo de allí. Corrí y corrí lejos con Kevin en brazos y con el temor de que mi padre me estuviera siguiendo. Ningún vecino de la zona se encontraba afuera, así que no pedí ayuda a absolutamente nadie de allí. Seguí corriendo fuertemente hasta que salí del conjunto residencial.

—¡Mami, ¿qué pasa?! —gritó Kevin llorando, pues había despertado, totalmente agitado por mi llanto y el brusco movimiento.

—Ya, mi amor, tranquilo —dije entre llanto mientras corría.

No estoy segura de cuánto corrí. No podría especificar metros ni kilómetros; no podría especificar absolutamente nada más, sólo sé que corrí lo suficiente como para alejarme de ese lugar y llegar hasta la avenida principal. Sin importar absolutamente nada, me atravesé entre los autos con mi hijo para pedir ayuda.

—¡AUXILIO!! —comencé a gritar.

Los carros huyeron en el momento, pero, gracias al cielo, uno se paró.

—¿Está usted bien?, ¿qué sucede? —me preguntó un hombre rubio con lentes que conducía un pequeño auto amarillo.

—¡Ayúdeme, por favor! —supliqué mientras lloraba en la puerta del copiloto para que me dejara entrar.

—¡Suba, suba! —gritó el hombre y abrió la puerta rápidamente.

—¡Arranque! —le pedí.

Cuando el hombre aceleró, no respiré, no me tranquilicé ni mucho menos paré de llorar. Mi llanto se hizo mucho más fuerte y comencé a abrazar a mi hijo. Lo había logrado, había salvado a mi pequeño. Mi niño estaba bien en mis brazos en total silencio mirándome mientras yo aún lo abrazaba. Pero por otra parte también lloraba por la preocupación que tenía por mi madre, la había abandonado con ese hombre que quizá para aquel momento ya le había hecho bastante daño. Sabía que no podía dejar las cosas así.

—Por favor, señor, lléveme a la estación de policía más cercana y lo más rápido posible, mi madre está en peligro —le dije alterada al hombre que estaba ayudándome en ese momento.

L legué a la estación de policía gracias a ese hombre que me ayudó. Él se quedó conmigo hasta que llegó Nick. Tenía que llamarlo; tenía que contarle lo que había pasado, pues él era mi único apoyo en esos momentos y lo necesitaba. Estaba sentada con Kevin esperándolo cuando lo vi entrar corriendo.

—¡Nick, aquí estamos! —dije gritando cuando lo vi.

—¡Santo cielo, Anna! —corrió hacia mí y preguntó:—, ¿están bien? —mientras comenzaba a llorar—. No debieron irse; no debieron irse nunca y dejarme allí, los amo a los dos —dijo, mientras nos abrazaba.

Cuando sentí sus brazos, supe perfectamente que nunca nos había dejado de amar; que las cosas quizá serían mucho mejor ahora y que todo estaría bien entre mi hijo y su padre. Estábamos allí sentados hablando cuando uno de los policías se acercó.

—Señorita, ¿puedo hablar con usted aparte?

—Yo me quedo con Kevin, Anna —dijo Nick, mientras cargaba al niño—. Ven, amigo, traje un carrito para jugar.

El policía y yo nos alejamos de ellos e iniciamos nuestra conversación.

—¿Ya traen a mi madre, oficial? —dije apresurándome antes de que dijera algo.

—No, señorita, al contrario, necesitamos que usted nos acompañe hasta la casa de sus padres —dijo mirándome serio.

—Pero mi padre puede estar allí y hacernos daño —dije alterada.

—Él ya fue localizado y la policía lo está sacando esposado en este momento de la casa, señorita.

—Pero ¿y mi madre?, ¿ella está bien, oficial?

—Necesitamos que nos acompañe, por favor.

—Está bien.

Nick, Kevin y yo nos subimos en la parte trasera de la patrulla, y mientras íbamos en camino, no podía dejar de estar nerviosa, las manos me temblaban de tantos nervios.

—Tranquila, nena —escuché a Nick decir cuando se dio de cuenta de que me temblaban las manos.

—Lo siento, tengo miedo —dije mirándolo.

—Todo estará bien —dijo, y luego tomó mi mano.

No sé por qué temblé más, si por los nervios o porque Nick me había tomado la mano. Sé que suena tonto, pero esperé tanto tiempo ese roce de nuestras manos que sentí una gran electricidad al tocar las suyas. Como mi pequeño no entendía nada de lo que estaba sucediendo, sólo jugaba con sus carritos en los asientos, mientras Nick y yo estábamos en total silencio, preocupados por la situación.

Luego de unos minutos de camino totalmente callados, entramos al conjunto residencial. El corazón casi se me salió del pecho cuando vi que la enorme casa en la que había crecido estaba rodeada de patrullas, ambulancias y vecinos. Además, a pesar de que la policía me había dicho que mi padre ya se encontraba esposado, tenía muchísimo miedo de que me atacara. Era como un trauma para mí el sólo pensar en mi padre y en el horrible susto que me había llevado hacía rato; por suerte tenía la esperanza de llegar y encontrar a mi madre esperándome. Antes de bajar de la patrulla, Nick me tomó del brazo y me detuvo.

—Espera, Anna —dijo mirándome—, mejor bajo yo primero y me aseguro de que las cosas estén bien, ¿sí?

Lo pensé un segundo y debido al susto que tenía, era mejor eso porque, para ser sincera, sentía que me iba a infartar en ese preciso momento si veía a mi padre.

—Está bien, Nick —dije avergonzada bajando la mirada.

—¡Hey! No te pongas así, por favor, todo estará bien, hermosa. Te prometo que entraré y saldré con tu madre de allí, Anna.

No pude contener las lágrimas. Tantas emociones al mismo tiempo por lo que acababa de pasar y por lo de Nick me tenían totalmente fuera de mí.

—Espérame aquí, Anna —dijo Nick y se bajó del auto para caminar hasta la casa.

Miré por la ventana y lo observé hablar con los policías, supongo que trataba de convencerlos para que lo dejaran pasar. Luego de unos segundos hablando ellos, lo dejaron pasar por debajo de las cintas amarillas para poder entrar a la casa.

Cuando perdí de vista a Nick, me acomodé en el asiento y miré a Kevin jugar. Se veía tan tranquilo y hermoso... cómo se notaba que cuando uno era niño nunca tenía ni idea de las realidades de la vida.

Esperé a Nick cerca de unos cinco minutos, y la verdad llegué al punto de preocupación máximo, por lo que bajé de la patrulla con Kevin y nos acercamos hasta unos policías que estaban vigilando para que nadie entrara a la casa.

—Buenas noches, quiero saber si puedo pasar —dije mirándolos.

—No, señorita, lo siento, esto no es un museo para que usted se pasee como si nada y mucho menos con un niño —dijo uno de los hombres sin siquiera ser capaz de mirarme.

—Bueno, es que soy familiar de los señores de la casa y quería saber si todo estaba bien, además, no pretendía entrar con el niño —dije en voz baja y apenada, como si hubiera sido mi madre la que me regañó.

—¿Qué tan cercana, señorita? —preguntó el policía, que esta vez sí volteó a mirarme.

—Soy la hija de los señores —lo miré seria.

—Oh, disculpe, señorita, pase, pase —dijo mientras levantaba la cinta amarilla.

—Pero ¿puede cuidarme a mi pequeño un momento, por favor? —dije apenada.

—No se preocupe, señorita —dijo, y luego tomó la mano de Kevin.

—Cielo, ya vuelvo, ¿sí? Iré un momento a buscar a tu abuelita y a Nick y luego nos iremos a casa, mi amor —sonreí—, pórtate bien y haz caso a los señores policías.

—Está bien, mami —me miró temeroso—, no quiero que me lleven a la cárcel si me porto mal.

Sonreí y acaricié su cabello.

—Ya vuelvo, Kevin.

Caminé por el jardín de la casa, esperando no encontrarme con mi padre, pues sabía perfectamente que estaba en una de esas patrullas ya esposado, pero tenía miedo de que me viera e intentara hacerme algo. Caminé un poco más hasta llegar casi a la puerta principal. No logré entrar completamente, pues un escalofrío inmenso me atacó apenas pisé el primer escalón.

—¿Mamá? —pregunté mientras medio asomaba mi rostro por la puerta.

Para cuando pisé el segundo escalón, ya casi entrando, pude ver a Nick que venía hacia la puerta totalmente apurado.

—No, Anna, ven —dijo rápidamente y me tomó por un brazo para alejarme.

—Pero ¿por qué, Nick? —dije mientras caminaba tras de él—, ¿dónde está mi madre?, ¡yo quiero verla!

—No, Anna, mejor ven, hablemos en la patrulla, por favor —dijo aún jalándome del brazo.

—Pero Nick, por favor, ¿qué sucede? —me zafé de él y me quedé allí parada—, ¿qué te sucede?

Él no me miraba, tenía la vista totalmente baja hacia el suelo y movía desesperadamente la cabeza de un lado a otro, como negando algo.

—Por favor, dime qué sucede, ¿mi madre está bien? —pregunté totalmente perturbada y con las lágrimas llegando al tope nuevamente.

—Anna, es que...

No terminó la frase, se quedó mirando hacia la entrada de la casa pasmado. Me di cuenta de que su mirada no era la única, pues todos los que se encontraban rodeando el lugar tornaron su vista al mismo sitio.

—¡Allí está! —escuché a los fotógrafos del periódico decir mientras sus horribles *flashes* comenzaban a encenderse.

—¡Qué horrible! —oí susurrar a una de nuestras vecinas, mientras se echaba a llorar.

Cuando volteé, mi mundo y todos mis recuerdos fueron destruidos. Una camilla de ambulancia tapada completamente por una sábana blanca salía de esa puerta del que fuera mi hogar; esa mano que se encontraba fuera de la sábana era la mano de la persona que me había dado la vida.

—¡¡¡Noooooooo!!! —comencé a gritar desesperadamente antes de que Nick me tomara fuertemente por la cintura para evitar que corriera hacia ella—. ¡¡¡Mamiiii!!!

Él... él había destruido a mi maestra de vida, a quien me cuidó por tantos años a pesar de todos los problemas. Había destruido todo para mí...

Aunque me sentí decepcionada el día en que me confesaste ese error tan grande que habías cometido, nos ayudaste a escapar de lo que tú no pudiste... de sus manos. Y sólo puedo decirte, madre:

Gracias por sonreírme, aunque yo sabía que en las noches te quebrabas.

Gracias por siempre tratarme tan dulcemente cuando tu corazón por dentro estaba lleno de amarguras por culpa de tu infelicidad con él.

Gracias por rescatarme de las calles cuando me había quedado sin absolutamente nadie.

Gracias por ser tú... mi madre.

Algunas veces las personas aman tanto que hacen cualquier cosa por otra cuando ésta sería incapaz de mover un dedo por ella. Ése fue el error de mi madre, que siguió a mi padre en todo lo que le ordenó sin decir ni una vez que no. Y al pasar de los años lo tenía tan acostumbrando a decir que sí a todo, que cuando por fin dijo que no y quiso liberarse, consiguió la muerte.

Para ti que me lees: AMA.

Ama como si no hubiera un mañana, pero nunca cometas el error de lastimar a otras personas por él o ella, y mucho menos te dejes lastimar ni física ni verbalmente.

Recuerda: primero tú, después tú, y hasta el final los demás. En mi caso, que tengo un hijo: primero mi hijo, luego mi hijo, después todos los demás y yo.

Dos días después de aquella horrible pesadilla, nos encontrábamos en el cementerio para celebrar la vida de mi madre y darle su último adiós antes de que pasara a ser sólo... nada. Aunque se me hizo un poco difícil, el día anterior tuve que hablar en la iglesia sobre la vida de mi madre mientras sus más allegados amigos me miraban con tristeza.

—Primero que todo y pese a las circunstancias, mi hijo y yo queremos agradecerles por venir el día de hoy al velorio de mi madre. Aunque la urna está cerrada por razones evidentes, todos sabemos perfectamente que es mejor recordarla viva a verla en las condiciones en las que se va. Mi madre fue una mujer alegre, sencilla y buena persona. Quisiera pedirles que no la juzguen por lo que sucedió conmigo y con mi hijo, pues ella sólo hacía caso a las órdenes de un hombre calculador y compulsivo como Carlos —no pude evitar que se me salieran las lágrimas al recordar todo lo que había sucedido—. Ella lo siguió en cada una de sus aventuras e ideas fueran buenas o malas, cuerdas o no, tuvieran algún sentido o no. Siempre lo siguió por amor, pero más que todo, por miedo; ese terror por quienes ustedes conocían como sólo un hombre de *carácter fuerte*.

Ya dije tanto y lloré durante tanto tiempo, que hoy, el día de su entierro, no tengo palabras ni lágrimas para sacar de mi ser. Sólo tengo a Nick abrazándome en silencio y a mi hijo en su regazo sin entender aún la triste situación debido a su edad.

Mientras el padre decía algunas oraciones y palabras sobre mi madre, yo recordaba todos estos momentos en los que quizá debí hacer algo por ella.

Quizá, cuando era adolescente, debí prestarle más atención cuando me hablaba sobre sus cosas para intentar hacer algo en vez de sólo estar mirando mi teléfono o mi computadora, queriendo estar en otro mundo.

Quizá debí hacer caso cuando me decía que no tuviera sexo a tan temprana edad y que me cuidara mucho (no es que me arrepienta de tener a mi hijo conmigo, pero tal vez si hubiera esperado un poco más, no habría sucedido nada de esto y Kevin tendría un hogar y una familia mucho más completa). Siempre creí que no sabía de lo que hablaba cuando me decía esas cosas, o que sólo era una anciana molesta que quería arruinar mi juventud, pero la verdad es que ella siempre lo hizo por mi bien, nunca quiso nada malo para mí. Debí ayudarla mucho más cuando mi padre comenzaba a discutir con ella, no sólo salirme de casa y dejarla allí con sus problemas.

Quizá debí hacer muchas cosas y no alejarme cuando comencé a crecer.

La verdad es que crecemos y queremos alejarnos de nuestros padres para poder encontrarnos a nosotros mismos, pero mientras estamos en ese proceso, no nos damos cuenta de que a ellos les afecta mucho ver cómo ese niño que antes era uno solo con ellos y siempre los necesitaba, ahora se molestaba tan sólo con tenerlos cerca o escuchar alguna de sus palabras.

Nosotros crecemos, nos vamos de fiesta o con amigos, luego nos enamoramos, nos casamos y nos vamos de la casa. Pero, aunque para nosotros todo esto de crecer sea una aventura muy emocionante, para nuestros padres es una tortura ver a sus pequeños irse del nido y hacer su nueva vida sin ellos. Por eso algunos padres, luego de que sus hijos se casan, siguen llamándolos todos los días para saber de ellos, y nosotros no nos damos cuenta de cuánto los amamos y extrañamos hasta el día en que despertamos en una casa nueva donde ellos no están; donde no olerás el desayuno de mamá por la mañana ni los ruidos de sus pasos por la noche; donde te darás cuenta de que creciste, y que aunque cierres los ojos mil veces creyendo que sólo estas soñando, ya eres un adulto y ahora te toca a ti hacer tu nido sin ellos."

La vida sin mis padres

Desde que murió mi madre, mi vida dio un giro totalmente inesperado. Hace exactamente dos meses murió y yo aún no he podido asimilar su repentina y triste partida. Aunque ciertamente pasé siete años lejos de casa, el amor que sentía por la mujer que me dio la vida nunca había cambiado, pues esa conexión que sentía con ella no se podía romper ni aunque yo estuviera hasta el otro lado del mundo.

Prácticamente siento que quedé huérfana, pues para mí ambos murieron ese espantoso día que no he podido sacar de mi mente, además de que he tenido que lidiar con un repentino cambio inesperado.

—¿La casa...? —pregunté mientras colocaba el papel sobre la mesa.

—Sí, usted es la única hija, por lo tanto, la casa le pertenece —dijo el abogado Scheys mientras me miraba fijamente.

—Es que no lo puedo creer —respondí sorprendida mientras me rascaba la cabeza.

—Señorita, la petición de los señores fue que si algo llegaba a pasarles, usted sería la única dueña de la propiedad y todo lo que está dentro, incluyendo autos.

—Pero ¿qué se supone que tengo que hacer con ella?

Lo sé, fue la pregunta más tonta que hice, pero la verdad no podía creer lo que estaba pasando, pues para mí el hecho de aceptar que mi madre ya no estaba aún era terrible.

—Vivir allí, o no lo sé, señorita —finalizó el abogado para luego levantarse de su escritorio y dejarme allí sola.

¿Vivir en esa casa?, ¿como podría vivir en semejante lugar luego de tan horrible pesadilla? Esa casa que alguna vez fue la causante de mis más hermosos recuerdos y sonrisas de infancia ahora era la casa de mis pesadillas y temores. No me imaginaba viviendo en ese lugar con mi hijo, ya ni siquiera podía imaginar a aquella familia que alguna vez vivió allí, pues esa familia estaba totalmente destruida. Salí de la oficina del abogado y en el pasillo me estaban esperando Nick y Kevin.

—¡Mami, mami, mira mi carrito! —gritó mi hijo cuando me vio acercarme.

—¡Sí, cielo! —respondí mientras fingía una pequeña sonrisa y acariciaba su cabello.

—No son buenas noticias, ¿verdad? —me dijo Nick mientras se levantaba del asiento.

—Pues me quieren entregar la casa y todas las pertenencias de mis padres, Nick —dije mirando al suelo.

Él tomó a Kevin de la mano y comenzamos a caminar hacia la salida.

—¿Entonces tienes que volver a ir a esa casa?

—Al parecer, sí...

—Vaya, eso suena escalofriante, Anna.

—Lo sé, Nick, y la verdad no sé qué hacer, lo de mi madre me tomó tan de sorpresa que ni siquiera he tenido tiempo de ir a la casa de mi tía.

—¿Y piensas volver allí? —él se detuvo.

—Aún no lo sé —también me detuve—... es que no sé si soy capaz de vivir allá...

—Entonces no vivas allí, Anna —me miró—, sabes perfectamente que podemos vivir juntos.

—Mira, Nick, eres un buen hombre, y no sabes cuánto te agradezco que en este momento tan difícil nos dejes quedarnos a mí y a Kevin en tu hogar, pero ya han pasado dos meses y para mí esto ya es un abuso, así que esta noche decidiré si me mudaré con Kevin a esa casa o volveré al campo con mi tía —dije mirándolo seriamente.

—¿En serio seguirás con tu orgullo tonto? —preguntó tomando una de mis manos.

—No es orgullo tonto, es que no sé lo que quiero aún, discúlpame.

—Como digas, Anna —Nick fue hasta donde estaba Kevin y lo cargó—. Vamos, pequeño, te compraré un helado —le sonrió.

—¡Yo quiero chocolate! —lo abrazó.

—Vamos entonces —dijo mientras se alejaba de mí.

Mis ganas de vivir junto a Nick son obvias, ya que en estos dos meses hemos estado más juntos que nunca, y ha sido mi único apoyo, además de mi pequeño. El problema es de mi parte, que no sé cómo pedirle una gran disculpa por todo lo que le dije y por la gran desconfianza que le tuve cuando apareció con el corazón en la mano pidiéndome una nueva oportunidad para estar con nosotros. Sé perfectamente que el día en que encuentre las palabras para pedirle perdón por todas las cosas malas que pasaron, y cuando logre liberarme de este enorme dolor y rencor, ese día podré ser feliz con él para siempre.

Mientras caminábamos a casa, no podía dejar de notar que Nick me ignoraba por completo, ya que cada vez que hacía el intento por caminar a su lado, se alejaba con Kevin en brazos, o simplemente caminaba mucho más rápido para n tener que hablarme.

—¿Va a ignorarme todo el camino, Nick? —dije subiendo un poco la oz para llamar su atención (por supuesto que no estaba enojada).

—No lo sé, Anna —dijo serio mientras seguía caminando.

—Ash... —me crucé de brazos.

Luego de unos minutos y al ver que Nick no pretendía cambiar de opinión, decidí ser yo la que diera el gran paso: corrí hacia ellos y tomé el brazo de Nick para luego abrazarlo.

—¡¡Vamos, perdóname!! —dije riendo mientras apretaba su brazo más fuerte.

—¡Suéltame, niña! —dijo Nick mientras también sonreía.

—¡Nunca hasta que me perdones! —respondí mientras apretaba su brazo más fuerte.

—¡Anna, la gente nos está mirando! —dijo mientras su rostro cambiaba de color, estaba rojo de la vergüenza.

—No me importa la gente, Nick, perdóname, ¿sí? —dije sonriente aún abrazándolo.

—¡Bueno, bueno, te perdono! —gritó mientras intentaba zafarse.

—Aún me funciona hacer esto, jaja —dije riendo.

Seguimos caminando y charlando un poco para calmar la tensión que se había formado entre nosotros luego de que yo, bueno, había rechazado su proposición por enésima vez.

—¿Quieren ir a comer algo? —preguntó Nick mientras seguíamos caminando por las calles.

—¡McDonald's! —gritó Kevin inmediatamente.

—Ash, ya lo sabía, Kevin —dije mirando a mi hijo con cara de enojo.

—Bueno —puso una carita triste—... adonde los adultos digan...

—No te preocupes, amigo —dijo Nick, y luego lo bajó para tomarlo de la mano—, sólo por esta vez podremos comer una hamburguesa —le guiñó un ojo.

—¿En serio, Nick? —gritó Kevin mientras aplaudía de la emoción.

—¿Hamburguesa, Nick? —reclamé inmediatamente.

—¡¡Corre, Kevin!! —gritó Nick, y luego lo jaló de la mano.

Corrieron media cuadra antes de que Nick fingiera estar cansado para que Kevin creyera que él era mucho más fuerte corriendo que su padre, digo, que Nick. Al llegar al McDonald's, Nick fue a ordenar la comida mientras mi niño y yo nos sentábamos en una mesa.

—Mami, ¿puedo ir a los juegos? —preguntó mi hijo cuando se percató de la enorme área infantil que se encontraba a nuestras espaldas.

—Si quieres, mi amor —le sonreí, pero debes quitarte los zapatos para entrar, ¿de acuerdo?

—Está bien, mami, ayúdame, por favor.

Luego de que lo ayudé a quitarse los zapatos, me senté unos minutos en la mesa a esperar a Nick.

—Dijeron que debemos esperar unos minutos, pues están cocinando las carnes —dijo Nick enojado.

—¿Desde cuándo McDonald's es tan lento? —me sorprendí totalmente.

—Créeme, todo ha cambiando mucho aquí, Anna, las cosas que antes eran geniales o buenas ahora sólo son basura, y no es culpa del negocio, sino de los nuevos trabajadores que llegan, ¡ni siquiera saben atender bien a un cliente!, sólo te miran mal o te atienden con toda la pereza del mundo —reclamó aún enojado.

—Calma, Nick —tomé su mano y la acaricié un poco—, la gente nos está viendo —reí mientras lo miraba.

—No me importa la gente —dijo serio.

—Eso no dijiste hace unos minutos —reí nuevamente.

—Cállate —dijo bromeando.

—¡No quiero callarme! —grité—. ¡¡Nooo!!

—Dios santo —se tapó la cara—... no hagas que la gente nos mire, Anna, ¡qué vergüenza! —sonrió.

—Sabes que te gusta que la gente nos mire —tomé su hombro mientras aguantaba la risa.

—Y también me gusta otra cosa —quitó las manos de su cara para mirarme.

—¿Qué cosa será? —sonreí mientras también lo miraba.

—Tú... —sonrió y luego se fue acercando lentamente a mí.

—No pretendes besarme, ¿o sí? —dije soltando una sonrisa tonta.

—Y si... ¿sí? —dijo acercándose completamente a mí.

Nuestros rostros estaban tan cerca que definitivamente nuestras narices estaban juntas. Él estaba preparado para lanzarme uno de esos besos fugaces que sin duda sé que me llevarían al cielo de ida y vuelta, y de pronto...

—Oh... —susurré bajando la mirada para luego voltear el rostro y alejarme un poco.

—Anna... —dijo confuso.

—Lo siento, Nick... —respondí sin mirarlo.

—¿Por qué no quieres darme una oportunidad? —preguntó serio.

—Está bien, te explicaré qué es lo que me sucede.

Antes de comenzar a hablar, respiré profundo y tomé su mano.

—Primero que nada —tomé aire nuevamente—... quiero decirte que la razón por la que no te he dado una oportunidad no es porque no te ame Nick, hay muchas razones por la cuales no he aceptado tu propuesta.

Él me miró y tomó mi mano fuertemente.

—Quisiera escuchar algunas de esas razones, Anna.

—Te diré las más simples: la primera es que con lo que pasó con mis padres, este tiempo he estado totalmente desorientada y lo sabes Nick; sabes que algunas veces estoy tranquila y otras estoy llorando por toda la sala por la enorme tristeza y rabia que siento. La verdad es que en este momento estoy muy confundida, no sobre nosotros, sino sobre lo de mis padres, y por eso en estos momentos no tengo cabeza para nada más.

—Pero, Anna, sabes que todo este tiempo he estado apoyándote, y no lo digo por presionarte, sólo quisiera una oportunidad y saber que ustedes se van a quedar conmigo y no volverán al campo nuevamente.

—Esa es otra cosa, Nick, no sé si voy a volver allá o me quedaré aquí en la casa de mis padres, cosa que la verdad no quiero para nada.

—Anna, sabes perfectamente que en el pueblo no encontrarás nada bueno para Kevin.

—Sí, Nick, pero allá nació y creció, él está acostumbrado a vivir allí y eso lo hace feliz.

—¿De veras crees que esa clase de vida lo hace feliz? Perdóname, Anna, pero estás equivocada. Cualquiera que vea a ese niño desde que llegó a la ciudad, se da cuenta de que es mucho más feliz aquí que en cualquier parte.

—Nick, es que...

—Si no quieres estar aquí en la ciudad, no digas que es Kevin cuando eres tú la que está poniendo peros para todo siempre, porque toda la vida has sido una indecisa.

Me quedé en total silencio luego de que Nick terminó de hablar. Cuando éramos jóvenes siempre teníamos problemas por eso mismo, y ahora que éramos más grandes, vi que no había dejado de ser indecisa.

—Anna —hizo una pausa—... yo quiero que mi hijo estudie, que tenga metas. Pero, sobre todo, quiero que se cure de esa maldita pierna que sólo le causa dolor y tristeza en la que debería ser una niñez feliz, Anna. También deseo que Kevin crezca y que se gradúe de la universidad y que sea un buen hombre. ¿Acaso tú no quieres eso para él?

—Por supuesto que lo quiero —lo miré.

—Pues en el campo no va a conseguir nada de esas cosas, sólo llegará a ser un adulto con un problema en la pierna y sin estudios. Allá nunca tendrá desarrollo profesional, sólo trabajará en el campo.

Bajé la mirada luego de que me dijo aquello. La verdad es que yo tampoco quería ver a mi hijo desperdiciar su vida en un lugar donde nunca tendría ningún futuro ni estudios. Quiero un hombre de bien, trabajador y que sea capaz de conseguir sus cosas por sí mismo; quiero que mi hijo logre todo lo que su padre y yo no logramos cuando éramos tan sólo unos chicos. Y aunque Nick tiene la suerte de estar a un paso de graduarse en este momento, yo siempre me sentiré mal por no haber podido terminar siquiera la escuela.

—Te propongo algo —dijo Nick sacándome de inmediato de mis pensamientos—, sé que suena loco y quizá no lo aceptes porque suena difícil, pero estaba pensando que quizá deberías ir al campo y resolver tus cosas por allá, pero, sobre todo, que vayas a pensar, Anna... pensar si de veras quieres que Kevin y tú pasen el resto de sus vidas allá, y mientras lo haces, yo podría quedarme ese tiempo con nuestro hijo y resolver sus problemas de salud y otras cosas, ¿qué dices?

—¿Estar separada de Kevin? —lo miré sorprendida.

—Debes darte una oportunidad a ti misma para saber qué es lo que quieres, y esa decisión sólo la puedes tomar estando sola, Anna, y pensando las cosas tranquilamente. Además, así me darías a mí también una oportunidad como padre para acercarme un poco más a Kevin.

—No lo sé, Nick... déjame meditarlo un poco, ¿sí?

—Bueno, te diré algo —tomó mis manos—: te doy exactamente un día para que lo pienses. Ya conozco esas meditaciones tuyas que duran hasta años —sonrió.

—Está bien —dije seria.

—Anna, sonríe un poco, ¡vamos!, no me digas que te enojaste por esto.

—No me enojé, Nick —aún estaba seria—, es que me preocupa un poco Kevin, él nunca ha estado solo.

—Pues estará conmigo —tomó mis manos—, y hablando de eso, creo que ya es hora de que le digamos que soy su papá.

Me quedé callada, eran demasiadas emociones para mí, y sólo tenía un día para pensar en todas. Definitivamente Nick quería hacerme explotar.

—Nick... no en este momento... —lo miré como suplicando.

—¿Por qué no?

—Porque no puedo hablar con Kevin y decir: "Sí, hijo, Nick es tu padre y me iré y te dejaré aquí con él" —suspiré—... las cosas no son así de sencillas.

—Bueno, entonces sólo piensa en lo que te dije de que él se quede un tiempo conmigo, ¿sí?

—Ok... —dije mientras miraba al suelo.

Él se levantó de su silla y se sentó en una más cercana a la mía.

—Te daré un abrazo... —dijo mientras extendía sus brazos para rodearme con ellos.

Yo sólo suspiré.

Pasaron los minutos; las hamburguesas por fin llegaron. Mientras Kevin y Nick jugaban con la comida y reían, yo estaba distraída pensando en si en realidad era una buena idea eso de irme y dejar a mi hijo aquí. No es que no confiara en Nick, es que sabía que iba a extrañar demasiado a mi pequeño.

Para mí, como madre, es muy difícil separarme de mi hijo por tanto tiempo y ahora comprendía lo que sentían las madres la primera vez que dejaban a sus niños en un preescolar. Sé que no tiene mucho que ver, pero es la primera vez que ellas se separan de sus hijos, porque desde que nacieron siempre los han cuidado sin dejarlos ni un minuto solos y nada más de pensar en que les suceda algo y que ellas no estén allí para ayudarlos, ¡ES HORRIBLE!

Yo no soy la excepción de todas esas madres preocupadas, también me vuelve loca el hecho de pensar en que a mi hijo le suceda algo. Hay que aceptarlo, madres, para nosotras nadie cuida a nuestros pequeños mejor que *mami*.

Luego de comer caminamos hasta el departamento, y como Nick sabía que yo estaba aún pensando en lo que me había dicho, decidió distraer a Kevin para que no se diera cuenta de que mamá estaba muy callada. Ya Nick me conocía completamente y me alegraba muchísimo que aún recordara que, cuando un tema me interesaba o preocupaba, pensaba en él por horas y me comportaba de manera extraña. A veces ni prestaba atención por estar pensando en lo que fuera que me preocupara en el momento.

Cuando llegamos al departamento, Nick se fue a bañar y yo me quedé en el sofá mirando el atardecer mientras Kevin miraba la televisión.

—Mami, ¿quieres ver el "Show de los Cerditos" conmigo? —dijo mirándome desde el suelo.

—Estoy mirándolo, cielo... —volteé a mirarlo también, intentando que me creyera.

—Claro que no, mami, ¡estás mirando por la ventana! —se cruzó de brazos.

—Bueno, amor, tienes razón, lo siento —sonreí un poco—. Ven, siéntate aquí conmigo, te prometo que veré a los cerditos contigo.

—Está bien, mami.

Mi pequeño se levantó del suelo y fue hacia el sofá. Antes de que se sentara, lo tomé por la cintura y lo cargué para darle muchos besos y abrazos. Dios, cómo iba a extrañar a mi hijo.

Al día siguiente, apenas me desperté, me puse a organizar mi maleta para irme al menos unas semanas a casa de mi tía. Todavía no había hablado con Nick sobre la decisión al fin tomada, pero ya encontraría el momento de hacerlo, primero debía hablar con alguien más.

—Cielo, ¿puedes dejar de jugar un momento? —le dije a Kevin mientras lo veía jugar con sus carritos.

—¿Por qué, mami? —me miró extrañado.

—Necesito hablar contigo de algo, mi cielo, ven aquí —toqué la cama para señalarle el lugar donde se debía sentar.

Kevin soltó sus carritos y fue hacia la cama para tirarse en ella y seguir jugando.

—Hijo, ven... —dije mientras tomaba sus manitas para que se quedara quieto.

—¿Qué sucede, mami? —me miró fijamente—, ¿estoy en problemas?

—No, cielo —sonreí—, te juro que no estás en problemas, es que necesito hablar contigo de algo importante.

—Está bien, mami —dijo, y luego se quedó en silencio mientras me miraba.

—Mi amor, ¿te gusta aquí? —lo vi fijamente.

—¿La ciudad, mami? —tardó un segundo en entender a qué me refería—. ¡Sí, mami, me encanta la ciudad! —dijo emocionado.

—¿Y extrañas el campo?

—No, mami —dijo mientras movía su cabeza, negando—, ¡quiero quedarme aquí para siempre contigo y con Nick! —aplaudió, sonriendo—, ¡aquí hay muchas cosas divertidas y hay parques, y McDonald's! —gritó.

—Sí, cielo, hay muchas cosas bonitas, ¿verdad? —sonreí mientras lo miraba con ternura.

Pausé un segundo y luego respiré profundo, bueno, era el momento de soltar lo que no quería.

—Hijo, ¿qué te parecería quedarte aquí con Nick por un tiempo? —dije seria.

—¡Con Nick y contigo me gustaría mucho!

—No, no, cielo, sólo con Nick.

—¿Y tú, mami? —se puso serio.

—Yo me iría al campo por unas semanas con tu tía, es que la he extrañado, además dejaste tu caballo allá, ¿lo recuerdas? Tengo que ir a ver cómo está él también.

—No, mami. ¡No quiero que te vayas! —me abrazó.

—Cielo... no me iré por siempre, cariño, sólo serán unos días. Además, estarás con Nick y él te cuidará muy bien, tú sabes lo bueno que es contigo.

—¡Pero yo quiero que tú estés aquí con nosotros, mami! —me abrazó más fuerte.

—Y lo estaré, cariño, sólo me iré por unos cortos días, ¿sí?

—¡No, no te vayas! —comenzó a llorar—, ¡mami, no te vayas!

—Kevin, no te pongas así...

Lo abracé mucho más fuerte. Mi pequeño lloraba como si se hubiera lastimado por caerse o algo; lloraba y sollozaba tanto que casi no entendía lo que me decía, muy pronto entendí que sí se había lastimado algo... su corazón.

—Amor, tienes que ser fuerte, cariño, mami no te va a abandonar; mami tiene que hacer muchas cosas importantes por allá antes de venir a vivir contigo y con Nick, cielo.

—¡No, mami! —gritaba Kevin llorando mucho más fuerte—, ¡me voy contigo!, ¡me voy contigo!

¿Qué era lo que tenía que hacer ahora?, ¿irme y dejarlo aquí?, ¿o quedarme e intentar acomodar mi vida? Tantas decisiones que tenía que tomar y ahora estas dos nuevas me estaban volviendo loca.

A eso de las cinco de la tarde de ese mismo día, luego de una gran charla con Nick para que me ayudara a convencer a Kevin, llegamos a la estación de autobuses para que yo partiera nuevamente hacia mi hogar. Nick me ayudó con la maleta mientras caminábamos por el lugar, y yo cargaba a Kevin y lo abrazaba aprovechando esos últimos minutos con él. Casualmente estaba haciendo mucho frío ese día, así que los tres teníamos nuestras chaquetas puestas y yo hacía lo posible por darle calor a mi pequeño para que me recordara esas semanas en las que no estaría. Cuando llegamos al camión, Nick le dio la maleta al conductor para que la pusiera en el aparcamiento, y metió las manos en los bolsillos para protegerse del frío.

—Hijo, te portas bien, ¿de acuerdo? —dije mientras miraba a mi pequeño. Te voy a extrañar muchísimo, cielo, prometo que te escribiré.

—Sí, mami —respondió y me di cuenta de que sus ojos comenzaron a llenarse de lágrimas—, te voy a extrañar mucho también.

—Te amo, cielo —sonreí un poco y lo abracé fuertemente—. Nick te cuidará muy bien, cariño, él es muy bueno y te quiere mucho.

—Está bien, mami.

Luego de abrazar a mi hijo, lo bajé y tomé su mano para caminar hacia donde estaba Nick.

—¿Tienes mucho frío? —pregunté mirándolo mientras él prácticamente temblaba.

—Mucho, además, sabes que las despedidas me ponen muy nervioso, Anna —sonrió un poco.

—Jaja —me reí un poco y luego me acerqué a él—. Sé que lo harás muy bien, Nick —miré su pantalón y, sin pensarlo dos veces, saqué sus manos de los bolsillos para tomarlas—. También voy a extrañarte a *ti* —sonreí intentando ocultar las lágrimas que querían salir sin control.

—Cuídate mucho, baby —me abrazó—, sabes que aquí te estaremos esperando, hermosa.

—Lo sé —lo abracé más fuerte y la verdad mis lágrimas no pudieron aguantar más para comenzar a salir—. Nick... te amo.

—Yo también te amo, Anna —guardó un poco de silencio y luego suspiró—. Sé que cuando vuelvas, tomarás la decisión correcta.

—Quisiera besarte... —dije a su oído mientras aún lo abrazaba.

—Yo...

—¿Mami? —interrumpió Kevin llamándome y jalando mi blusa.

—¿Sí...?, ¿sí, cielo? —dije mientras me separaba de Nick y limpiaba las lágrimas de mi cara.

—¿Puedes decirle al señor Zanahorias que lo amo? —dijo mirándome.

—Sí, mi amor, le diré a tu caballo que lo amas y lo extrañas —le sonreí.

Nos quedamos unos segundos en silencio mientras veía a mi pequeño y sonreía un poco.

—¡Nos vamos! —gritó el chofer mientras subía al camión rápidamente. Me quedé un segundo más mirando a los dos amores de mi vida y luego me les acerqué para abrazarlos.

—Te amo, cielo —dije mientras abrazaba a Kevin.

—Yo también, mami —me abrazó más fuerte.

Luego abracé a Nick.

—Te amo, Anna, cuídate mucho.

Caminé hacia el autobús y subí, por suerte encontré un asiento cerca de la ventana y pude sentarme allí para observarlos por última vez antes de emprender mi viaje.

—¡Los amo a los dos! —grité mientras lanzaba besos con mi mano.

Nick tomó a Kevin y lo cargó para que pudiera verme mucho mejor. Entre los dos movían las manos de un lado a otro diciéndome adiós, mientras el camión se alejaba de la estación.

Mientras viajaba, no podía dejar de pensar en lo mucho que extrañaría a Kevin y a Nick. Ni siquiera había llegado a medio camino cuando ya quería escribirles la primera carta. Sólo espero que realmente la pasen muy bien; ambos son todo para mí y los amo. Me preguntaba qué estarían haciendo; me preguntaba si lograría salir de esa gran depresión y tristeza que cargaba encima.

Aunque estaba un poco triste, estaba feliz porque vería a mi tía luego de tanto tiempo y tantas cosas. Lamentablemente, ella no había podido ir al velorio de mi madre, estaba tan consternada por la situación que decía que si iba, le daría un infarto. La verdad, la había extrañado mucho y tenía muchas ganas de hablar con ella sobre lo que estaba pasando con Nick, tenía que decirle que todo lo que dijeron mis padres era mentira. Aún recuerdo que la última vez que Nick fue a casa, ellos no se llevaban nada bien, pero tengo la esperanza de que ella me apoye con esto para ayudarme a tomar una buena decisión para nosotros.

Mientras pensaba en todo, miraba por la ventana recordando momentos pasados, como los que pasé con mis padres, mis aventuras con Nick cuando vivíamos en la calle, mi embarazo y todo el trayecto que me llevó hasta el día de hoy.

No siempre la vida es perfecta, tienes unos momentos malos, buenos, tristes, emocionantes, románticos. Bueno, podría decir que la vida tiene demasiados momentos como para poder escribirlos todos. Pero ya ustedes deben saber a lo que me refiero cuando digo que la vida tiene diferentes momentos y etapas, que la felicidad puede cambiar por tristeza en tan sólo un segundo, y que, aunque la vida no sea fácil, estamos programados para que esas tristezas o adversidades nos hagan mucho más fuertes día a día. Tenemos que ser valientes, aunque a veces lleguemos a sentir que estamos derrumbándonos y aunque en esos precisos momentos nos sintamos más solos que nunca. Pero recordemos que nacimos solos, y que solos podemos hasta con lo más imposible.

46

Hace ya tres días exactamente que llegué nuevamente al campo y no puedo expresar la enorme felicidad que sentí al ver nuevamente a mi tía luego de tantos días.

Cuando me bajé del camión, fui a pie a la casa de mi tía, y luego de caminar unos veinte minutos, por fin vi la puerta roja que caracterizaba la hermosa casa en donde había nacido mi hijo. Caminé hacia la puerta y entré.

—¿Tía? —dije mientras cerraba la puerta y ponía mi maleta en el suelo—, ¿estás aquí?

Nadie contestó en el momento, todo estaba en silencio y llegué a pensar que tendría que esperar muchas horas a que mi tía regresara del pueblo de vender leche. Al terminar de inspeccionar la casa, decidí ir al granero para ver si ella estaba por allí. En el camino me encontré con el querido caballo de mi hijo, que comía una parte del pasto como el resto de los animales, sonreí al verlo porque inmediatamente me acordé de la felicidad de mi Kevin al estar con él. Antes de acercarme para darle un poco de cariño de parte de mi pequeño, decidí primero terminar de buscar a mi tía. Cuando entré en el granero comencé a escuchar unos ruidos extraños, y mientras caminaba me di cuenta de que ese sonido significaba que mi tía sí estaba en casa.

—¿Tía? —pregunté mientras me acercaba al lugar donde estaba.

Ella se encontraba arrodillada en el suelo, tenía unos grandes guantes amarillos.

—¿Anna? —volteó un poco mientras seguía trabajando.

—¡Sí, tía, soy yo! —dije sonriente mientras la miraba.

—Llegas a buena hora, cariño —sonrió—. Estrella está a un paso de tener a su pequeño potrillo.

—¿Quieres que te ayude, tía? —dije mientras me sentaba a su lado.

—Oh, no te preocupes, cielo —sonrió mientras tomaba al casi recién nacido por las patas para sacarlo de su madre (ellos necesitan un poco más de ayuda para nacer).

—El irresponsable del padre está por ahí comiendo mientras la pobre Estrella sufre —dijo bromeando un poco.

—¿Y quién es el padre? —pregunté mientras tomaba una esponja para limpiar el sudor de su frente.

—El caballo de tu niño —me miró.

—¡¿El señor Zanahorias ya es padre?! —dije totalmente sorprendida.

—Y de los malos, porque desde que la preñó ni se acerca —rio un poco.

Sonreí mientras le limpiaba la frente a mi tía.

—Aquí voy, amiga. ¡Resiste un poco más! —dijo ella mientras hacía más fuerza para jalar las patas del potrillo.

Luego de tirar unas tres veces más, por fin pudimos ver al potrillo salir en su bolsa de placenta. Inmediatamente mi tía lo tomó y abrió la placenta para luego acercarlo a su madre.

—Eso es, Estrella, eres una buena chica —dijo mientras le acariciaba la cabeza—, mira la belleza que has traído al mundo.

Sé que quizá ver a un animalito dentro de una bolsa de placenta no sea muy bonito, pero ver una nueva vida llegar a este mundo sí es lo más hermoso, pues saber que muy pronto podrá caminar con ayuda de su madre es lo mejor de todo. No hay nada más hermoso que ver a un ser humano creciendo y aprendiendo cosas gracias a su madre, y si hablamos de otras especies, a veces son mucho mejores madres que algunas mujeres. Los animales están preparados para sacrificar, pelear e incluso matar por sus crías.

Pasaron unas horas y por fin mi tía se había desocupado para poder hablar. Esperé primero a que se bañara y cuando salió yo le tenía la cena lista.

—Bueno, pequeña, ya no estoy llena de placenta de caballo —sonrió—, ahora sí puedo darte un gran abrazo como te mereces, hija —se acercó a mí y me abrazó fuertemente.

—Tía, te extrañé mucho —sonreí mientras la abrazaba.

—Siento tanto lo de tus padres, cariño... —susurró.

Antes de contestar, suspiré un poco.

—Está bien, tía...

Nos quedamos un segundo en silencio y luego ella cambió el tema.

—¿Y dónde está mi pequeño bebé? —preguntó sonriente—. Dile que venga a darle un enorme abrazo a su tía.

Me quedé en silencio unos segundos por los nervios y luego respondí:

—Kevin se quedó en la ciudad, tía.

—¿En la ciudad?, pero ¿con quién, Anna? —preguntó asombrada—. Tus padres ya no están allí para cuidarlo, ¿con quién lo dejaste?

—Está en buenas manos, tía, está con su padre.

Mi tía guardó silencio unos segundos y soltó inmediatamente el tenedor para dejarlo caer sobre el plato.

—¿Dejaste a mi sobrino solo por allá? —reclamó molesta.

—Tía, no está solo, está con su padre, nadie lo va a cuidar mejor que él —dije intentando tranquilizarla.

—¡Hasta un animal de seguro cuida a sus hijos mejor que ese tipo, Anna!, ¡¿cómo es posible que luego de abandonarte por tanto tiempo llegue aquí y tú sólo le das a tu hijo como si nada?! —gritó enojada.

—¡Tía, las cosas no son como tú crees, necesito que te sientes y me escuches, por favor!

—¡No puedo, Anna, estoy desconcertada por lo que hiciste!

—Primero escucha mis razones por favor, y luego, si quieres, me juzgas.

Mi tarea era convencer a una mujer de que su hermana había hecho muchas cosas guiada por su propio esposo, con el fin de dañar la felicidad de su hija. Sonaba imposible de creer para cualquiera, mas luego de unos minutos mi tía comenzó a darse cuenta de las cosas y pudo comprenderme.

—Hija —dijo tomándome de las manos fuertemente mientras lloraba—, quiero que sepas que tu madre no era mala, ella sólo era una mujer enamorada que cometió la terrible equivocación de preferir a su marido sobre todas las cosas, hasta su propia familia, y ese fue el error más grande de su vida. Tu madre estaba muy enamorada de Carlos. Ella lo dejó todo por él cuándo eran jóvenes, incluso dejó de convivir con nuestros padres sólo porque él así lo quiso y por eso creciste alejada de tus difuntos abuelos. Quiero que sepas que el día en que llegaste aquí yo no estaba enterada ni de la mitad de la situación, yo sabía que venías un tiempo a relajarte de todas las tristezas y problemas que tenías en esos momentos, pero sólo eso.

—Y he vuelto por eso mismo, tía —apreté sus manos un poco más fuerte y la miré fijamente—. Regresé para nuevamente curar todas las tristezas y problemas que he tenido últimamente, y dejar a mi hijo allá con Nick no fue algo fácil para mí, pero estoy segura de que lo está cuidando muy bien porque él estaba muy emocionando por convivir con su hijo, y ahora está totalmente ilusionando de que Kevin y yo vivamos con él y hagamos una vida como familia allá en la ciudad.

—Anna, sabes que te apoyaré en cualquier decisión que tomes: si quieres ir y ser feliz con el padre de tu hijo, entonces ve, cariño, y si quieres quedarte aquí en el campo, entonces también te apoyo, pero piensa bien las cosas y trata de tomar una decisión no sólo buena para ti, sino para el futuro de hijo —me sonrió.

Me agradó mucho poder contarle todo lo sucedido a mi tía, y me llenó el alma saber que pudo comprenderme y apoyarme en mi decisión. Para mí es muy importante tener su ayuda en estos momentos tan difíciles, pues es la única familiar que me queda y sus palabras son muy importantes para mí.

Estos tres días luego de la conversación con mi tía, la he pasado ayudándola con los animales, y algunas veces, en mis tiempos libres, sentándome en el árbol donde solía pensar y relajarme cuando estaba embarazada. Aún puedo recostarme en la madera del tronco y comer una fruta mientras observo el cielo y lo que parece ser un campo eterno. Me gustaba imaginar esos instantes cuando era niña y corría por todo ese lugar sin ninguna preocupación, y cuando estaba muy cansada como para seguir corriendo, aparecía mi madre totalmente rejuvenecida y sonriente y tomaba mi mano para así irnos lejos las dos juntas. También imaginaba ver a los dos hombres de mi vida caminar desde lo lejos hacia mí y llegar aquí para darme un enorme abrazo para así ya no sufrir más por lo mucho que los estaba extrañando.

Me hacía mucha falta sentir a mi hijo cerca de mí en todos los momentos en que me sentaba cerca del árbol. Era la primera vez que él no estaba conmigo aquí, y aunque sabía que su padre lo estaba cuidando perfectamente, me invadían las ganas de saber cómo estaba, así que sentada en ese lugar tan hermoso, decidí ir en busca de un lápiz y un papel para poder escribirles a mis chicos.

De: Anna
Para: Nick y Kevin, mis dos amores, a quienes extraño tanto.

Querido Nick:
Sé que sólo han pasado dos días desde que vine, pero la verdad no pude aguantar las ganas de saber de ustedes. No es que piense que cuidas mal a nuestro hijo, es sólo que de veras los extraño a los dos.

Quisiera decirte que me gusta estar sola y sentarme a pensar en mis cosas todos los atardeceres, pero la verdad es que no es así. Cuando vives siete años con un niño, y unas cuantas semanas y meses con un hombre como tú, es imposible sentirse sola un segundo, y lo mejor de todo es que algunas veces no puedes pensar en nada porque ellos dos están contigo haciéndote reír, haciendo lo posible porque todas las preocupaciones se vayan al instante. La verdad no puedo ocultarte que te estoy extrañando tanto como la primera vez que nos separamos; siempre te pienso y quiero verte.

Estoy muy ansiosa de que me respondas esta carta y me cuentes un poco sobre todo lo que han hecho estos días en los que no he estado. Espero que se estén portando bien y que no estén destrozando las casa entre los dos, jaja.

Nick, quisiera pedirte un favor, ya que Kevin no sabe leer aún, por favor léele lo siguiente.

Querido Kevin:

Estos días que he estado lejos de ti te he extrañado muchísimo, ojalá tú también me extrañes mucho y no me estés olvidando con Nick, jaja. Quiero contarte que el señor Zanahorias es papá de un hermoso caballito bebé y me estoy encargando de tomar muchas fotos para que las veas cuando regrese, cariño, ya no veo la hora de estar contigo y consentirte muchísimo con besitos y abrazos. Te amo, te amo, te amo, y estoy contando todos los segundos para regresar y verte, mi pequeño ángel. Pórtate bien, mi cielo.

Te ama: tu mami.

Los siguientes días, luego de escribir la carta, estuve atenta al correo como antes. Aún recuerdo cuando estaba embarazada y me la pasaba sentada a las afueras de la casa sólo para esperar al cartero y recibir correspondencia de Nick. Lo único que me pone un poco triste es que, como no estamos muy cerca, algunas veces las cartas pueden tardar en llegar. Sólo espero que ésta no se retrase tanto, porque la verdad estoy desesperada por saber de mis dos amores.

Me levanté a eso de las siete de la mañana, me cepillé los dientes y sin siquiera peinarme salí hacia la cocina a buscar un poco de café, la verdad, ¿qué importaba si estaba despeinada? Sólo estaría en la cocina un segundo tomando café y mirando por la ventana las flores, los animales, el cartero...

—¡El cartero! —grité mientras me quemaba la boca por el gran sorbo de café que había dado al verlo.

Solté la taza y en pantuflas y pijama salí corriendo para ir a buscar la correspondencia.

—¿Hay algo para mí, señor? —grité emocionada.

Al verme, él abrió los ojos impresionado, no sé si era porque me veía horriblemente desarreglada y con la pijama que se me había manchado de café en ese momento, o porque parecía una niña corriendo por la casa cuando llegaba algún juguete por correo.

—Buenos días, señorita —dijo intentando permanecer serio—. Hoy han llegado dos cartas, una creo que es una factura y la otra es una carta personal.

—¡Oh! —sonreí y caminé rápidamente hacia él.

—Tenga, señorita —sonrió y me las entregó rápidamente.

—¡Gracias, señor! —corrí hacia adentro como una niña loca.

Entré a la casa y sin siquiera haberme sentado en el sofá, comencé a abrir la carta. Estaba sellada y enmarcada con la dirección de la ciudad y de la casa de Nick. ¡Dios! Al mirar esa carta, mi humor cambió completamente porque al fin sabría cómo estaban mis chicos. Rompí el sobre por un lado y saqué el papel. Mis manos comenzaron a temblar cuando lo estaba abriendo por completo. Me acomodé en el sofá y comencé a leer.

De: Kevin y Nick
Para: Mami. Te estamos esperando.

Querida baby:

Aunque no lo creas, si no me escribías tú, lo haría yo en cualquier momento, te he extrañado creo que hasta más de lo que tú a mí. Cada vez que despierto en la madrugada, siento que sigues en la habitación dormida junto a nuestro hijo, pero cuando logro despertar completamente, recuerdo que no es cierto.

Algunas veces nuestro pequeño te extraña tanto que me despierta en las noches, cuando eso ocurre se acuesta a mi lado y contamos historias de aventuras hasta quedarnos dormidos completamente.

Kevin está muy bien, lo he sacado mucho de paseo y fuimos al médico ayer; te tengo excelentes noticias sobre los resultados de su pierna, pero me gustaría más hablarlo contigo cuando puedas llamar por teléfono.

Él es un niño maravilloso, y aunque sé que te extraña cada segundo más (al igual que yo), está feliz de estar aquí. No quiero presumir, pero creo que soy el mejor padre del mundo, definitivamente sirvo para serlo y me encanta este nuevo rol que he asumido, por eso te pido que pienses bien las cosas y por favor vengas con nosotros a la ciudad pronto para así poder ser felices y criar a nuestro niño juntos, Anna.

Lamentablemente no puedo escribirte nada de parte de Kevin porque está dormido en estos momentos, pero apenas llames, podrás hablar con él y sé que estará muy emocionado al escucharte. Le leí tu carta y se entusiasmó mucho con la historia de su caballo. Comenzó a gritar por toda la casa que era abuelo o algo así, jaja, ese pequeño heredó tu alegría, tu imaginación, tu inquietud por las cosas y, sobre todo, tu sonrisa. Me alegra ser el padre del niño más perfecto del mundo gracias a ti, Anna. Y espero con muchas ansias ya poder decirle que soy su padre, pero eso lo resolveremos cuando regreses.

Te amo, Anna, espero que esta carta te llegue muy pronto y puedas contestarla. Ah, y por favor ve al pueblo lo más pronto posible y encuentra un teléfono para que nos llames, Kevin te extraña mundo y yo me muero por escuchar tu voz nuevamente. Te amamos mucho, hermosa.

Al terminar de leer la hermosa carta que me habían enviado los dos hombres de mi vida, sequé mis lágrimas con una enorme sonrisa de alivio al darme cuenta de que no me había equivocado al dejar a Kevin con Nick. Nunca debí preocuparme por ello, pues él es su padre y lo adora. Nick es un hombre muy bueno y tranquilo, y la verdad siempre que lo miro recuerdo esa frase: "Las mujeres buscan siempre a un hombre que tenga alguna característica de su padre". Agradezco enormemente no ser una de esas mujeres, pues él es totalmente opuesto a aquel hombre que quizás alguna vez en mi niñez consideré mi más grande héroe.

Guardé la carta en mi bolso y comencé a arreglarme para ir al pueblo, tenía que ir a ayudar a mi tía a vender la leche y luego llamar al número que Nick me había indicado en la carta para poder hablar con mi pequeño.

Luego, ya bañada, vestida y arreglada, tomé mi bolso y salí de la casa para caminar hacia el pueblo, y mientras lo hacía no podía dejar de pensar en lo mucho que los extrañaba. Quizá debí esperar sólo un poco más las vacaciones de Nick y luego venir aquí al campo para así no estar tan separada de ellos, pero la verdad creo que venir aquí sola había sido la mejor solución porque cuando tomara mi decisión y pensara muy bien las cosas, volvería a casa con Kevin y Nick para no volver a irme.

La duda de estar con ellos ya la había resuelto, pero ¿y la de la casa de mis padres? Necesitaba saber qué era lo que haría con esa casa, pues no quería para nada vivir en el lugar donde habían asesinado a mi pobre madre, pero tampoco quería deshacerme del lugar en que había crecido. Ciertamente vender la casa de mis padres me parecía una falta de respeto a la memoria de mi madre, mi padre no me importaba en lo absoluto, pero la memoria de mi madre era muy importante para mí a pesar de todas las cosas.

Esa mañana y parte de la tarde la pasé con mi tía vendiendo tarros de leche. Muchas personas preguntaron por Kevin y se alegraron mucho de saber que él estaba en el ciudad con su padre y atendiéndose su pierna con el médico; quizá no tenían la mejor educación ni recursos, pero su buen corazón podía hacer olvidar todas esas cosas. Las personas de pueblo siempre serán hospitalarias y tendrán una sonrisa para cualquiera que llegue a sus tierras. En mi caso, cuando llegué, sólo era una chiquilla con una enorme barriga de embarazo parada al lado de la carretilla de mi tía mientras ella vendía leche. Muchas de estas personas se me acercaron y lograron hacer una pequeña amistad conmigo, y desde ese día no nos hemos olvidado.

Podrán pasar diez años o más, pero cuando vuelvas, ellos te reconocerán y recibirán con la más hermosa sonrisa en el rostro, te ofrecerán la comida que no tienen sólo para hacerte sentir cómodo, y hasta serán capaces de dormir en el piso para darte un colchón donde pasar la noche. Así son las personas de pueblo: buenas, amigables, sin malos pensamientos y, sobre todo, HUMILDES.

Estoy segura de que mi pequeño Kevin tampoco se ha olvidado de ellos, pues desde el día en que se enteraron de su nacimiento siempre estuvieron muy atentos con él, y cuando se cayó del caballo todos en este hermoso pueblo se dieron cinco minutos para ir a la granja y saber cómo estaba. Por esa razón se merecían toda mi atención y todas mis sonrisas, quizá por última vez.

Esperé un poco a que dieran las cuatro de la tarde, y fui a una tienda (quizá la única en el pueblo con teléfono) para llamarles. Mientras marcaba los números que Nick me había indicado, los dedos me temblaban horriblemente. No podía contener la emoción y felicidad que sentía en ese preciso momento. ¡Por fin volvería a escucharlos! No había pasado mucho, pero para mí había sido una horrible eternidad.

—¿Hola? —escuché una voz al otro lado del teléfono; una voz dulce y angelical que nunca dejaría de reconocer pasaran los años que pasaran.

—¿Kevin?, ¡soy tu mamá! —sonreí...

—¡Sé que eres tú, mami! —respondió mi hijo del otro lado del teléfono. Se escuchaba muy feliz.

—¿Cómo sabías que era yo, mi cielo? —cambié mi voz a una un poco más suave y consentidora (la cual sólo salía cuando hablaba con mi hijo).

—Nick me dijo.

—Muy sencillo: ¡Con el identificador de llamadas! —se escuchó la voz de Nick desde lejos.

—¿Nick? —dije sorprendida.

—¡Está haciendo de comer, mami! —gritó Kevin muy cerca de teléfono.

—Está bien, cielo —sonreí—. ¿Y cómo estás?, ¿te gusta estar con Nick?

—¡Sí, mami, me encanta!, ¡comemos mucho, vamos al parque, vemos caricaturas hasta tarde y me llevó a que me revisen la pierna!

—¿En serio, cielo?, ¿y qué te dice el doctor, cariño?

—Algunas veces el doctor la mueve un poco y me duele, ¡pero dice que, si hago los ejercicios, podré correr mucho, mami!

—¡Qué bueno, mi cielo! —sonreí—. Ya pronto estaré contigo en casa con ustedes.

—Te extraño mucho, mami.

—¡Yo también te extraño, baby! —se escuchó la voz de Nick nuevamente desde lejos.

—¡Y Nick también te extraña, mami, jaja!

—Yo también los extraño mucho a los dos —susurré mientras mis ojos se llenaban de esas molestas y escurridizas lágrimas.

Me quedé en silencio unos segundos pensando en lo mucho que extrañaba a mis dos amores cuando Kevin interrumpió mi silencio.

—¿Mami?

—¿Sí, cielo? —parpadeé al volver a la realidad.

—¿El señor Zanahorias es papá?

Sonreí nuevamente al recordar lo importante que era ese caballo para mi hijo, y las enormes alegrías que le había traído en sus momentos más difíciles.

—Sí, cariño, es papá de un hermoso potrillo.

—¡Tómale fotos al *popillo*!, ¡no puedo creerlo!, ¡Nick, sí soy abuelo! —gritó separándose del teléfono y al fondo se escuchó la risa descontrolada de Nick.

—*Potrillo,* cariño, jaja —corregí.

—¡Soy abuelo de un caballito bebé!, ¡ya quiero verlo, mami!

—Pronto lo verás, hijito.

—Mami, ¿tú le cambias el pañal?

—Jajaja, hijo, los caballitos bebé no usan pañales, hacen sus necesidades en el jardín.

—¡Fuchiii!, ¡qué asco!

—La cena está lista, Kevin —dijo Nick a lo lejos.

—¡Está lista la cena, mami, adiós! —dijo Kevin rápidamente y luego colgó el teléfono.

—¡Espera!, ¿cómo que adiós? —miré el teléfono boquiabierta—. ¡Ese niño me colgó! —dije totalmente sorprendida a las personas de la tienda.

Había esperado todo el día para hablar con ellos, pero Kevin me acababa de colgar la llamada. No lo culpo porque es un niño, pero admito que eso logró hacer que los extrañara mucho más. Volví a casa de mi tía y al llegar, me senté en el sofá a pensar.

Los extraño tanto que a veces me dan ganas de llorar y regresar con ellos, pero... esperen un momento... si tanto los extraño, no veo por qué no debería volver lo antes posible. Creo que he sido una tonta todo este tiempo buscando una decisión que ya estaba más que tomada. La verdad, sí quiero regresar con ellos y tener una vida en la ciudad con Nick y nuestro hijo, y eso tiene que ser lo antes posible si quiero acompañar a mi hijo a sus terapias y, sobre todo, si deseo arreglar todas las cosas con Nick.

Sé que, aunque mi tía me extrañe y yo a ella, lo mejor es volver adonde está mi felicidad, en donde nací y en donde mi hijo en estos momentos se siente tan feliz con tan maravilloso padre.

Me levanté del sofá y rápidamente busqué a mi tía por toda la cocina.

—¿Tía? —dije acercándome a ella cuando la encontré—, ¿podemos hablar un momento?

—Claro, pequeña —dijo sonriente—. Siéntate y tomemos café —dijo mientras se sentaba al otro lado de la mesa.

Me senté también y la miré seriamente.

—Tía... yo... creo que ya he tomado la decisión correcta sobre lo que debo hacer —la miré un poco apenada por lo que iba a decirle.

—Cariño —me miró sonriente—, antes de que regresaras, tú ya habías tomado esa decisión.

—Ah, ¿sí? —la miré totalmente sorprendida.

—Por supuesto, cariño, al dejar a tu hijo con Nick ya estabas tomando la decisión correcta, sólo que te bloqueaste con tantos problemas. Pero ¿sabes?, estoy muy feliz por ti, sobrina, y aunque sé que los voy a extrañar mucho, es lo mejor que puedes hacer por ti y por el niño —noté cómo se le humedecieron los ojos.

—¡Oh, tía! —se me salieron unas cuantas lágrimas y me levanté para abrazarla—, no sabes cuánto te voy a extrañar.

—De todos modos, podré ir a visitarlos en vacaciones, cariño —me abrazó mucho más fuerte.

—Siempre que quieras, tía —dije sonriente.

—Ahora sólo quiero que vayas a la estación de autobuses y compres tu boleto para ir a la ciudad de inmediato.

—Está bien, tía —dije sonriente mientras me separaba para ir a buscar mi bolso.

—¡Espera, sobrina! —gritó un poco—. Tu vieja tía te acompañará —sonrió y también se levantó para ir a cambiarse.

Tomé mis maletas sin dudarlo ni un segundo más y me fui con ella directo a la central de autobuses. Estaba completamente decidida a regresar esa misma noche sin importar nada. Cuando logré comprar el boleto para las diez de la noche, suspiré de alivio y nerviosismo al mismo tiempo al saber que en realidad volvería a ver a Kevin y a Nick en menos tiempo de lo que creía, y que estaba a sólo algunas horas de volver al que sería mi nuevo hogar; el hogar donde estaba la felicidad tanto de mi hijo como mía, y el hogar donde se encontraba mi corazón con el amor de mi vida.

Mi tía y yo nos sentamos en el área de espera mientras llegaba la hora de partir.

—Anna, quiero que sepas que estoy muy orgullosa de la decisión que tomaste —dijo mirándome—. Aunque siempre he pensado que te pareces a tu madre, hoy me di cuenta de que sólo es físicamente, pues estás haciendo más caso a tu corazón que a tu cabeza —pausó un segundo y tomó aire—. Hija, tu madre siempre hacía caso a su cabeza y nunca tomaba en cuenta lo que en realidad sentía en su corazón. Muchas veces hizo caso a sus demonios y eso fue lo que la llevó a ese horrible final. Tuvo muchas oportunidades para poder ser feliz contigo, pero prefirió hacer caso y depender de un hombre toda su vida, y por eso las cosas terminaron así. Quiero que sepas que siempre debes hacer caso a las cosas buenas, y NUNCA, ni siquiera porque sientas que todo está mal, dejes de luchar por lo que tanto tiempo te ha costado conseguir. Recuerda que si Nick sigue allí contigo y luchando para recuperarte después de todo es porque ese hombre sí vale la pena.

Me quedé muda. No podía siquiera sacar un "gracias" de mi boca. Mi tía tenía razón en todas y cada una de las palabras que acababa de decir. Luego de mirarla unos segundos con los ojos llenos de lágrimas, le susurré: "Te amo. Gracias", mientras me acercaba a ella para abrazarla fuertemente con todos nuestros recuerdos en la mente.

Tía, gracias por recibirme cuando más lo necesitaba; gracias por ser la gran amiga que siempre estuvo en mis peores momentos, y gracias por amar a mi pequeño hijo como si fuera tu propio nieto. Para mí eres mi segunda madre y siempre te estaré agradecida por recibirme en tu hogar cuando nadie más quería hacerse cargo de una *adolescente embarazada*."

Estuvimos sentadas hablando y recordando un buen rato, nos reíamos de los buenos recuerdos y llorábamos con los tristes. Mi tía siempre sonreía al recordar lo inexperta que era al principio cuando Kevin era un bebé.

—¿Recuerdas cuando a Kevin se le salió todo lo del pañal y se ensució todo? —sonrió—, ¿y tú te pusiste a llorar porque no sabías cómo limpiarlo?

—Lo sé, tía, fue horrible —dije mientras tapaba mi cara con las manos—. Ese día te fui a buscar al pueblo con Kevin envuelto en una manta y todo lleno de suciedad —sonreí apenada.

—Cielo —tocó mi hombro—, te he visto crecer y convertirte en una buena mamá. Eres una gran madre y estoy más que segura de que tu pequeño algún día va a ser un buen hombre gracias a ti.

—Y también gracias a ti, tía, porque me enseñaste todo lo que sé —sonreí mientras tomaba su mano.

Al marcar las diez de la noche, los choferes comenzaron a pasar lista de los nombres de los pasajeros para abordar el transporte. Yo me levanté del asiento y luego tomé la mano de mi tía para ayudarla a ponerse de pie, tomé mi maleta y caminé con ella a mi lado hacia la puerta del autobús.

—Bueno, cariño —suspiró mientras me miraba—, no vayas a llorar porque éste no es un adiós —sonrió.

—No estoy llorando, tía —dije intentando ocultar con una sonrisa las lágrimas traviesas que querían salir.

—Te conozco, niña —rio un poco—, te vi crecer durante siete años —suspiró y luego se acercó para abrazarme.

Correspondí a su abrazo fuertemente, con un enorme dolor y unas enormes ganas de llevarla conmigo, mas sabía que éste era el lugar en donde había hecho su vida y no cambiaría esto por nada del mundo. Ella pertenecía a este pueblito y su granja.

—Te amo, tía —susurré aún abrazándola.

—Estoy orgullosa de ti, Anna, y te amo también —me miró sonriente.

Al escuchar sus palabras, no sé por qué, pero mis lágrimas comenzaron a escapar por montones y sin pensarlo dos veces volví a abrazarla. Quizá era porque JAMÁS había escuchado un "Estoy orgullosa de ti" tan sincero. De veras sentía que ella estaba orgullosa de mí por todo lo que había logrado y no sólo me veía como una niñita que tuvo un bebé a los diecisiete años. Ella sabía todo lo que había tenido que pasar y cuánto había ayudado eso a que madurara más temprano de lo que esperaba.

Cuando me despedí de mi tía y abordé ese autobús, sabía perfectamente que iba directo a la felicidad con Kevin y con Nick, pero también que había ciertas cosas que tenía que hacer para poder tener mi alma y mi conciencia tranquila. Decidí tomar con calma las futuras decisiones y dejar de pensar en lo negativo, pues si lo hacía, nunca llegaría a ser feliz en la vida, así que decidí vivirla tal y como era, sin pensar en el futuro o en el pasado, sólo enfocarme en el presente y en lo que estaba viviendo en el momento... en este momento, por ejemplo, en el cual estaba a unas horas de tener mi hermoso final feliz con el hombre que amo y nuestro hermoso hijo.

Mientras iba en camino, pensaba: ¿por qué estar lejos de Kevin y Nick sólo por mis problemas?, si ellos dos podían perfectamente ayudarme a salir de ellos con tan sólo hacerme sonreír. No hacía falta pensarlo mucho para saber que eran la alegría de mi vida y que valía la pena dejar todo atrás para estar con ellos.

Esa noche dormí con una gran sonrisa en el rostro imaginando lo hermoso que sería a la mañana siguiente cuando llegara a la ciudad.

Desperté horas después gracias a un rayito de sol que se metió por una parte de la cortinilla. Cuando abrí los ojos, rápidamente comencé a arreglarme el cabello para luego recostarme nuevamente en el marco de la ventana ya abierta. Observé los edificios de la ciudad. Estábamos muy cerca de llegar, y estaba desesperada por bajarme para ir a buscar un baño. Cuando nos acercamos un poco más a la estación de autobuses, las personas se levantaban con sus maletas para ser las primeras en salir. Las miré atentamente desde mi asiento, pues no tenía intención de empujarme entre ellas para ver quién salía primero.

Cuando el camión por fin se detuvo, comenzaron a salir todos empujándose, y fue cuando yo tomé mi maleta y comencé a caminar por el pasillo hacia la salida.

Caminé por la estación y encontré lo que estaba buscando: ¡un baño! Entré y me lavé la cara y los dientes para que mi familia no me viera tan mal. Luego fui directo hacia el área de los taxis, cuando abordé uno, comencé a maquillarme rápidamente mientras conducía hacia la dirección que le había indicado.

Dios... estaba tan nerviosa... las manos me temblaban horriblemente y no podía evitar sonreír a cada segundo. Mientras más cerca estaba, más me emocionaba la idea de verlos, y mientras más
miraba edificios y lugares conocidos, más recordaba mis aventuras
con Nick cuando éramos unos niños; todas esas aventuras que habían valido la pena, pues habían pasado años y aún nos seguíamos
amando como el primer día.

Cuando por fin llegué al departamento, suspiré fuertemente y sentí las mariposas de mi estómago que comenzaban a despertar. Al bajar del taxi, miré hacia la ventana de Nick y sonreí aún más porque estaba abierta. ¡Estaban en casa! Tomé mi maleta y entré al edificio. Cuando llegué al ascensor y marqué el número del piso, mi alegría era incontenible, me miraba en el espejo y no podía evitar sonreír como una tonta, al igual que cuando Nick y yo nos besamos por primera vez... me sentía como una niñita nuevamente. El ascensor se abrió y rápidamente volví a cargar mi maleta para salir de allí, mi corazón se aceleró a mil cuando me topé con la puerta del departamento de Nick.

—Santo cielo —susurré—, detrás de esa puerta estaba el final feliz de mi historia; allí estaba lo que tanto había esperado todo este tiempo, mi propio final feliz. Sonriente y sin ganas de esperar más, toqué el timbre.

—¡Nick, la puerta! —escuché la voz de mi Kevin desde adentro de la casa.

—¡Me estoy bañando, pequeño! —también escuché a Nick.

—Bueno...

Esperé un minuto y luego volví a tocar el timbre.

—¡Nick, siguen tocando! —gritó Kevin nuevamente—, ¿puedo abrir?

—¡No!, ¡ya estoy saliendo, sigue comiendo tu cereal!

—¡Está bien! —gritó.

Sonreí un poco y luego comencé a tocar el timbre sin parar.

—¡Qué demonios! —escuché a Nick gritar.

—¡Tocan, tocan, tocan! —gritaba Kevin.

Pasaron unos cuarenta segundos y luego se abrió la puerta de golpe. Era Nick todo despeinado y con el cabello mojado, tenía puesta una camisa al revés y sus pantalones de pijama.

—¡Qué demonios ocurre! —gritaba—, ¿no ves que...?

—¿Ibas a decir algo? —respondí sonriente mientras dejaba mi maleta en el suelo.

—¡Anna! —respondió Nick totalmente sorprendido.

—¿Mami? —escuché a Kevin desde adentro.

—Sí, Nick... —suspiré, y justo antes de que mis lágrimas comenzaran a salir sin parar, me acerqué a él para abrazarlo fuertemente.

—Volviste... —susurró mientras me abrazaba fuertemente.

—Regresé para estar con ustedes —lo abracé mucho más fuerte.

—No quiero que vuelvas a irte nunca más, Anna, te amo —se separó un poco de mí para mirarme fijamente.

—Yo también te amo, Nick, y en serio quiero que estemos juntos y formemos esa familia feliz que alguna vez soñamos cuando éramos más jóvenes.

Sin pensarlo dos segundos y mucho menos sin dudarlo, decidí acercarme completamente a él para darle un suave y largo beso. Sus labios aún se sentían como lo más maravilloso del mundo para mí, ésos que me llenaban a cuando tensamos diecisiete y diecinueve años.

Mientras aún nos besábamos plácidamente como la primera vez, sentí una pequeña manita que tomaba mi pantalón y lo jalaba. Rápidamente sonreí entre el beso, pues sabía que se trataba de mi pequeño Kevin buscando un poco de atención de mi parte. Me separé de Nick y me agaché un poco para estar a su altura.

—Hola, mi cielo —sonreí, mami volvió para nunca jamás dejarte solo de nuevo.

—¡OH, MAMI! —gritó sonriente y luego dio un salto para abrazarme fuertemente.

Lo tomé en mis brazos para cargarlo y me levanté para observar a Nick. Mientras acariciaba la cabeza de mi angelito, él me observaba sonriente. Me acerqué con Kevin en brazos hacia él y entre los tres nos abrazamos fuertemente como la hermosa familia que éramos.

—Jamás volveré a dejarlos —sonreí mientras aún los abrazaba.

Nos quedamos unos segundos más en silencio y luego Nick se separó y me miró fijamente.

—¿Ya estás segura de querer quedarte conmigo para poder arreglar las cosas, amor? —preguntó nervioso.

—Nick —lo miré fijamente—, jamás había estado tan segura de algo en mi vida... tan segura de la felicidad.

Sin decir una palabra más, nos volvimos a abrazar fuertemente para luego entrar al que ahora sería *nuestro nuevo hogar*.

Sé que quizá no terminamos como en la mayoría de las historias: ricos y con mucha fama, pero terminamos felices, tal como siempre lo soñamos.

Nick y yo tuvimos mucha suerte, pues en estos tiempos la mayoría de las parejas jóvenes que tienen hijos nunca llegan a los veinticuatro años juntos; siempre surgen problemas o simplemente el amor se acaba.

Para las madres jóvenes: si están con el padre de su bebé, deseo de todo corazón que esta historia se repita con todas ustedes; deseo que su amor sea siempre duradero y que eso pueda más que todo siempre. Recuerden siempre pensar en su hijo o hija antes de actuar de manera inmadura. No olviden que ya no son sólo ustedes dos y sus problemas, son tres y todo siempre afectará más a uno que a todos, ese uno es su hijo o hija.

Para la madre joven que enfrenta esta tarea: sé que algunas veces debes sentirte sola; que debes llorar por no estar con tu pareja o porque tu bebé no tiene un padre, pero no es así, el destino te hará lo suficientemente fuerte como para cumplir los dos papeles de madre y padre. Jamás he visto a algún niño crecer mal por el simple hecho de no tener un papá. Recuerda que tú lo tuviste nueve meses en tu vientre y serás quien estará con él o ella el resto de tu vida para su cuidado y apoyo, independientemente de que estés con tu pareja o no. Los hijos son más de las madres que de los padres, y eso siempre será así. No es lo mismo que te haga falta un papá a que te haga falta una madre. Te lo digo por experiencia propia, pues crecí sin un padre a mi lado y, aunque algunas veces quisiera que fuera diferente, recuerdo que tengo parientes hombres que a la distancia me dieron su cariño que bastaba para reemplazar el de un padre irresponsable. Tú sólo encárgate de darle felicidad y buena educación. Tu hijo crecerá sano, y será una gran persona, te lo aseguro.

Para las chicas que aún no son mamás: sé que muchas veces, cuando estamos enamoradas, podemos hacer cosas sin pensarlo, pues las hacemos por amor, pero cuando se trata de estos casos, te pido que por favor pienses las cosas antes de hacerlas. No me estoy refiriendo a que dejes de tener relaciones sexuales con tu pareja, te estoy pidiendo que te cuides para que no seas madre a una edad tan joven. Recuerda que un bebé es el milagro más hermoso del mundo y que, cuando estás embarazada, tu chico puede estar muy contento y feliz, o quizá no; también recuerda que a medida que las personas crecen, cambian, y quizás con el tiempo él también cambie. Los chicos jóvenes quizás te prometan la luna y estrellas en el momento, pero cuando vean que ya no tienes tiempo para salir como antes, o para hacer otras cosas (pues estás ocupada atendiendo a tu bebé), buscará diversión en otros lugares y entonces la relación morirá.

Sé que quizás ahora todo es muy hermoso, pero en realidad primero ambos necesitan saber si serán capaces de madurar juntos y si en verdad se aman lo suficiente para pasar el resto de sus vidas como una familia feliz.

Primero vivan su amor, maduren juntos, crezcan, ámense, disfruten su juventud, hablen hasta saber que en realidad ninguna de las discusiones tontas los va a separar, ocúpense cada uno de su futuro... y luego quizás será hora de pensar en un hijo. No vaya a ser que luego de tener a un bebé a tan temprana edad te des cuenta de que aquel no es el hombre para ti y su hijo o hija tenga que sufrir las consecuencias. Piénsalo bien, no sólo por ti o por él, sino por el pequeño. Piensa en que, si llegara a ocurrir eso, quizás aún no estarías lista y los que tendrían que criar y jugársela por tu bebé serían tus padres (si es que deciden apoyarte, porque puede pasar como con mis padres). Sólo te invito a que pienses no una, ni dos, sino MIL VECES antes de comenzar a tener relaciones sexuales sin ninguna protección.

Un año después...

esde que decidí volver a la vida de Nick todo ha mejorado enormemente. Él le ha dado un hermoso cambio a nuestras vidas; ahora Kevin y yo somos más felices y no nos sentimos tan solos como antes. Estamos mejorando día a día como la familia que somos. Entre todos nos estamos apoyando para lograr alcanzar nuevas y hermosas metas.

Decidí terminar de estudiar el bachillerato en una escuela nocturna, mientras Nick cuida de Kevin. Él por fin pudo terminar su carrera de Derecho en la universidad y ha encontrado un buen trabajo, y yo estoy en el proceso de buscar uno también.

Mi pequeño Kevin se encuentra estudiando en una pequeña escuela de la ciudad, y su pierna ha mejorado enormemente desde que comenzó a ir a sus terapias con su doctor favorito. Planean en unos meses ponerle un yeso para mejorar la posición de su rodilla, pero gracias al cielo mi hijo está mejorando enormemente y ya no se queja de dolor.

Con respecto a la propiedad de mis padres, podría simplemente haberme mudado con mi familia y ser felices en una enorme casa de dos pisos, pero cuando regresé del campo aquel día y fui a verla, comprendí que ese lugar ya había completado una gran etapa de mi vida, y que, aunque quisiera volver, ya no podría ser, porque si estaba allí, jamás podría salir adelante. Ese sitio nunca me perteneció y nunca (aunque un papel lo dijera) fue mío. Fue de las dos personas que me trajeron al mundo y me ayudaron a vivir en él, pero no la sentía mi propiedad como para quedarme allí para siempre, así que decidí venderla.

Duramos unos cuatro meses más viviendo en el pequeño departamento, hasta que con el dinero de la casa logramos por fin encontrar un espacio más grande para todos, un lugar al que podríamos llamar *hogar*, un lugar nuevo para los cuatro... sí, así es... estoy embarazada nuevamente.

Aunque tengo una casa divina y la hermosa familia que siempre soñé, siento que algo me falta. Bueno, en realidad siento que hay algo que debo liberar y dejar ir; lamentablemente, para poder hacer eso, tengo que ir al lugar del que he huido todo este año. Pero, aunque me dé terror y dolor, Nick me ha ayudado a superar mi miedo con sus hermosas palabras al decirme que el día que esté lista, él estará allí afuera esperando por mí.

Hoy, luego de tanto tiempo, escribo en mi diario para contar que he decidido hacerlo; necesito hacer esto para poder ser feliz completamente con mi pequeña familia.

Llegó el día, y a las dos de la tarde, ahí estaba, en ese lugar al que creí no ir nunca.

—Pase por aquí, señora —escuché a uno de los hombres decir mientras señalaba una cabina.

—Gracias —respondí seria, y luego caminé hasta el lugar para acomodar mi bolso y tomar el teléfono—. Hola, papá —dije aún seria mientras lo observaba.

Él estaba del otro lado de la cabina, un cristal era lo único que nos separaba en aquel momento, y lo único que teníamos para poder escucharnos el uno al otro era aquel teléfono. Él vestía un traje anaranjado, y la verdad se veía muy delgado, además de cansado y con unas ojeras enormes.

—Vaya —pausó un segundo y me miró sonriente—, mírate, Anna. Te ves radiante con ese embarazo —pausó otro segundo y luego suspiró—. ¿Tendrás otro niño?

—No, una niña.

—¿Y en estos momentos estas con... *él*?

—Sí, papá, estoy con Nick.

—¿Para que viniste, Anna? —tapó su rostro con una mano—, ¿para qué viniste si sé que me odias por todo lo que hice?

—Porque del rencor no se vive, papá —dije aún seria mientras sólo lo observaba.

—¿Acaso me estás dando tu perdón? —levantó la mirada rápidamente.

—No, no te estoy dando mi perdón, sólo te estoy diciendo que ya no siento ni el más mínimo sentimiento de rabia o rencor hacia ti. Ya mi madre está en un lugar mejor y descansando en paz. Sólo vine porque quería saber que podía mirarte a la cara y no experimentar ningún tipo de sentimiento, y es así.

Se quedó en silencio quizás unos dos minutos, tapaba sus ojos con una mano y apretaba fuertemente el teléfono con la otra. Como no decía absolutamente nada, simplemente decidí ponerme de pie e irme, pero justo antes de soltar el teléfono, escuché que lloraba; no veía su cara totalmente, pero podía ver las lágrimas caer.

—Sé que nunca lograrás perdonar lo que les hice, Anna, lo sé... y quiero que sepas que estoy muy arrepentido de todo lo que sucedió. No te pediré que me perdones porque yo tampoco he podido perdonarme, pero en el momento en que sucedió lo de tu madre, yo no sabía lo que hacía, me estaba volviendo totalmente loco. Y aunque no lo creas, aquí en la cárcel me han estado medicando para controlarme, dicen que tengo quizás un síndrome de bipolaridad. Y he estado tan solo que me refugio en el poder de la Biblia y de Dios.

—Me alegra mucho que estés leyendo la Biblia, y que te estén ayudando para tus ataques... espero que las cosas sigan bien para ti y que logres encontrar la paz.

Desde lejos se escuchó un timbre, y un oficial abrió la puerta.

—¡Se acabó el tiempo! —gritó.

—Bueno —pausé y volví a mirarlo fijamente—, ya debo irme.

—Espera, hija —puso una de sus manos en el cristal que nos separaba—, sé que no volverás, pero quiero decirte que me equivoqué; que estoy orgulloso de ti y de Nick y, sobre todo, sobre todo, Anna... que te amo —dijo mientras las lágrimas aún corrían por sus mejillas.

Lo miré un segundo más, y junto con una pequeña sonrisa también puse mi mano en el cristal. Mientras nuestras manos parecían estar juntas por un segundo, nos quedamos en total silencio, hasta que la curva que formaba la sonrisa en mis labios desapareció y quité la mano. Sin decir ni una palabra más, decidí darle la espalda para irme, no sin antes escuchar entre su llanto fuerte gritar: "¡Perdóname, te amo, hija!", al mismo tiempo que la voz de los guardias diciéndole que regresara a la celda, mientras intentaban tomarlo por los brazos.

Caminé lentamente por el lugar mientras buscaba salir. Mi seriedad y tristeza cambiaron completamente cuando por fin llegué a la puerta y me encontré con mi hermoso esposo y mi precioso hijo esperándome recostados en el auto. Sonreí rápidamente al recordar que las razones de mi felicidad estaban aquí afuera conmigo, y que ahora nunca nada nos podría separar.

—¡Mami, mami! —gritaba Kevin, mientras iba hacia a mí presuroso para abrazarme, pues ya podía correr más rápido.

—¿Estás lista para irnos, nena? —preguntó Nick mientras también se acercaba hasta donde estaba.

—Sí, vámonos —sonreí mientras los abrazaba fuertemente y ellos nos abrazaban a nosotras.

—Papi, ¿podemos ir por un helado? —dijo Kevin mientras observaba a su padre.

—Bueno, si llegas antes que yo al auto, ¡iremos a la heladería! —gritó Nick sonriente y luego comenzó a correr con Kevin.

—¡Mami, corre! —gritaba nuestro pequeño.

—¿Correr?, ¡si tu hermana apenas me deja caminar! —también sonreí mientras los observaba atentamente.

—¡Recuérdame comprar una silla de ruedas para tu madre!

—Está bien, papi, jaja.

—Dejen de burlarse los dos —reclamé mientras reía sin parar.

Subimos al auto para ir a la heladería, yo también tenía mucho antojo de un helado (lo sé, yo tampoco podía creer que estaba embarazada de nuevo).

—Siento que cada vez está más grande —dijo Nick sonriente mientras pasaba su mano por mi vientre para acariciarlo.

—¡Papi, no toques a mi mamá! —gritó Kevin desde el asiento de atrás.

Aunque Nick y Kevin se llevaban perfectamente bien desde el día en que se conocieron, había un pequeño problema, pues Kevin no podía controlar sus celos cuando nos besábamos mucho o nos abrazábamos durante largo tiempo, ya que se sentía excluido y comenzaba a jalar de mi brazo para que le prestara atención.

—¡Pero Kevin, si sólo estoy dándole cariño a tu hermanita! —volteó a mirarlo.

—¡No me importa, papá! ¡No toques a mi mami porque le molesta a ella! —se cruzó de brazos.

—Está bien, hijo —respondió seriamente y se volteó para encender el auto (y yo no pude evitar reírme).

Emprendimos camino hacia nuestra heladería favorita (en donde Nick y yo pasamos los mejores momentos de nuestra adolescencia antes de tener a nuestro pequeño Kevin). Estar dentro de ese auto junto a los dos hombres de mi vida, me hacía darme cuenta de que ya no me hacía falta nada en la vida. Estar con ellos, reír con ellos y tener ahora a una pequeñita en camino me hacía sentir la mujer más completa y feliz del mundo.

—¿Estás bien, cariño? —dijo Nick sacándome completamente de mis pensamientos.

—No podría estar mejor, amor —sonreí y tomé su mano fuertemente.

Cuando llegamos a la heladería, Kevin entró corriendo y Nick y yo fuimos tomados de la mano observando el lugar y respirando el dulce aroma de nuestros recuerdos. Ahora la mesa en la que solíamos sentarnos cuando éramos jóvenes estaba ocupada por una pareja comiendo helado de chocolate.

—¿Viste a esos dos? —le sonreí.

—Creo que tendrán una gran historia de amor y dos hermosos hijos algún día —me regresó la sonrisa.

—Y se reencontrarán a pesar de todo el tiempo que pase.

—Y quizá ese chico le pida matrimonio a su hermosa novia en esta misma heladería algún día, ¿no lo crees?

—¿Qué? —dije confundida mientras lo observaba.

En ese preciso momento en el cual comencé a hablar con Nick sobre aquella joven pareja sentada en nuestra mesa, descuidé a Kevin y no me di cuenta de que había entrado a la cocina junto con los dueños y empleados de la heladería.

—¡Kevin! —dijo Nick gritando hacia la cocina.

Mi pequeño salió de la cocina junto con las otras personas, tenía un sus manos un helado de diez sabores con chispas de chocolate. Comencé a reír sin parar debido a la gran confusión que sentía en el momento, y por ver a mi hijo haciendo lo posible por no derramar ni una de las bolas de helado en el suelo. Cuando llegó hasta nosotros, me observó como pudo.

—Mami, este es un regalo de Nick para pedirte algo muy especial —me acercó el helado rápidamente.

—¿Y cómo sostendré ese helado sin que se caiga? —me agaché sólo un poco para tomarlo.

—No lo sé, mami, si yo pude, tú también —se encogió de hombros como pudo y me lo entregó.

—Ya imaginarás lo que hay dentro, ¿verdad, Anna? —dijo Nick observándome mientras yo luchaba con ese gran helado para que no se cayera de mis manos.

—¿Entonces mi anillo está aquí? —comencé a reír mientras los observaba a todos también sonriendo—, ¿tengo que comerlo todo para encontrarlo?

—Eso era lo que esperaba que preguntaras, baby —sonrió y luego se acercó hacia mí para quitar el enorme helado de mis manos y entregárselo a uno de los empleados del lugar—, y la respuesta es no.

Me quedé en silencio observando a Nick, que metió una mano en su bolsillo y sacó una cajita.

—Está aquí, hermosa.

Todas las personas del lugar se pusieron de pie y se acercaron para observar lo que estaba sucediendo.

—Anna —se arrodilló y levantó su rostro para observarme (ambos teníamos los ojos completamente llenos de lágrimas)—, hemos pasado por muchas cosas, amor: necesidades, separaciones y hasta cosas mucho peores, pero aquí estamos, juntos con nuestro hijo y con una hija en camino. Por eso estoy muy seguro de que quiero pasar el resto de mi vida contigo. Y la pregunta es: ¿quieres pasar el resto de tu vida conmigo?

—¡Claro que sí! —respondí sin dudarlo ni por un segundo.

Todos en la heladería comenzaron a aplaudir mientras Nick se levantaba del suelo para abrazarme y darme un largo y hermoso beso.

—¡Ya! —gritó Kevin cuando nos observó besándonos y abrazándonos—. ¡Ya puedes soltar a mi mami!

—¡Es mía! —gritó Nick riendo mientras me abrazaba más fuerte.

—¡Suéltala! —se acercó hasta nosotros y comenzó a darle pequeños golpes en la pierna.

—¡No me golpees o no te compro helado, Kevin!

—Bueno, está bien, quédatela —nos soltó y se fue a sentar en una de las mesas.

Todos reímos al ver a mi niño cambiar tan rápido de opinión, y yo supe que no había nada que me hiciera más feliz que tener a una hermosa y maravillosa familia que, a pesar de todos los obstáculos, con el tiempo pudo salir adelante y formar una más de esas maravillosas historias para toda la vida.

Era increíble sentir que esta *madre adolescente* por fin había conseguido su final feliz; que la persona con la que pasé tantas penurias en las calles, ahora era con la que compartiría el resto de mi vida, y que el bebé que tanto habíamos cuidado en mi vientre, ahora estaba viviendo esta maravillosa historia con los dos.

Soy, fui y seré una madre adolescente que tuvo mucha suerte en su camino, gracias a personas tan maravillosas como Nick, mi tía, mi madre y, sobre todo, por la máxima felicidad de mi vida, mi hermoso hijo, y la pequeña que ahora venía en camino.

Diario de una madre adolescente,
de Anais Mosqueda,
se imprimió en agosto de 2021,
en Corporación de Servicios Gráficos
Rojo, S. A. de C. V. Progreso 10, col. Centro,
C. P. 56530, Estado de México.